MIRA®

Der Preis dieses Bandes versteht sich einschließlich
der gesetzlichen Mehrwertsteuer.

Umwelthinweis:
Dieses Buch wurde auf chlor- und säurefreiem Papier gedruckt.

Alison Kent

Sündige Sommernächte

Roman

Aus dem Amerikanischen von
Christian Trautmann

MIRA®

MIRA® TASCHENBUCH
Band 35042
1. Auflage: April 2012

MIRA® TASCHENBÜCHER
erscheinen in der Harlequin Enterprises GmbH,
Valentinskamp 24, 20354 Hamburg
Geschäftsführer: Thomas Beckmann

Titel der nordamerikanischen Originalausgabe:
A Long, Hard Ride

erschienen bei: Harlequin Enterprises Ltd., Toronto

Published by arrangement with
HARLEQUIN ENTERPRISES II B.V./S.àr.l.

Konzeption/Reihengestaltung: fredebold&partner gmbh, Köln
Umschlaggestaltung: pecher und soiron, Köln
Redaktion: Bettina Steinhage
Titelabbildung: Getty Images, München
Satz: GGP Media GmbH, Pößneck
Druck und Bindearbeiten: CPI – Ebner & Spiegel, Ulm
Printed in Germany
Dieses Buch wurde auf FSC®-zertifiziertem Papier gedruckt.
ISBN 978-3-86278-308-3

www.mira-taschenbuch.de

1. KAPITEL

Donnerstagmorgen

„Whip! Ich brauche den Drehmomentschlüssel, sonst werde ich hier nie fertig."

„Sieh doch dahinten in der Werkzeugbox nach, Sunshine. In der zweiten Schublade. Da habe ich ihn vorhin rausgenommen."

„Na, jetzt ist er jedenfalls nicht mehr da drin. In keiner der Schubladen oder Kisten. Ich hab überall nachgesehen."

Trey „Whip" Davis war gerade damit beschäftigt, ein Verlängerungskabel auf dem Boden der mobilen Rennbox zu fixieren, die vor dem Corley-Motors-Trailer errichtet worden war. Mit diesem Truck transportierte „Bad Dog" Butch Corley seinen Dragster zu den Veranstaltungen der National Hot Rod Association. Trey richtete sich auf und rekapitulierte die bisherigen Schritte dieses Tages.

Er hatte den Drehmomentschlüssel bei sich gehabt, als er Butch, der ein spätes Frühstück mit seiner Frau und seinem Sohn zu sich nahm, mit seinem Handy anrufen wollte – nur um festzustellen, dass er das Gerät im Regal in der Werkstatt hatte liegen lassen. Anscheinend war er von ihm beiseitegelegt worden, als er das Handy holte. Wo hatte er nur seinen Kopf?

So unorganisiert und durcheinander zu sein passte überhaupt nicht zu ihm. Er machte neuerdings dumme Fehler, und das musste aufhören. Sofort. Grübelnd ging er zu der offenen Tür des Wohnwagens. „Mach eine Pause und besorg dir eine Bratwurst und einen Kaffee. Ich werde improvisieren."

Sunshine stand auf, streckte seine stämmige, einen Meter siebzig große Gestalt und setzte sein typisches sonniges Lächeln auf, das seine ohnehin schon rote Gesichtsfarbe noch intensivierte und seine blonden Augenbrauen beinah gebleicht aussehen ließ. „So'n Angebot kann ich nicht ausschlagen. Bis nachher, Boss."

Treys Assistant Crew Chief ging zwischen den Wohnwagen und Sattelschleppern hindurch, die die Boxengasse des Dahlia Speedway in einen Campingplatz verwandelten, zu den Verkaufsständen. Die bunten Farben Hunderter von Logos auf den Trucks und T-Shirts, Baseballmützen und Tattoos leuchteten in der Vormittagssonne. Das galt auch für die zähnefletschende Corley-Bulldogge mit ihrem Stachelhalsband auf dem schwarzen Lastwagen von Treys Team.

Die Farben, das geschäftige Treiben, die Auspuffgase, der Zuschauerlärm und das düsenjägerlaute

Dröhnen der Motoren – Trey liebte es, wenn eine Dragster-Rennstrecke zum Leben erwachte, und er würde es vermissen, wenn er nicht mehr dabei war.

Wenn Corley Motors früh am Montagmorgen nach den Farron Fuel Spring Nationals an diesem Wochenende abreiste, würde Sunshine Treys Aufgaben als Crew Chief übernehmen, die darin bestanden, zusammen mit Butch Rennstrategien auszutüfteln und die Mechaniker anzuleiten.

Es war nur ein vorübergehendes Arrangement; Trey hatte seiner Mannschaft und seinem Fahrer klar zu verstehen gegeben, dass er zurückkommen würde. Fürs Erste würde er in Dahlia bleiben, der Kleinstadt, in der er die ersten zwanzig Jahre seines Lebens verbracht hatte. Es wurde höchste Zeit, die Unterlagen und persönlichen Dinge durchzusehen, die er in den sechs Monaten seit dem Tod seines Vaters nicht angerührt hatte.

Da er nur selten zu Besuch kam, sah er keinen Grund darin, das Haus zu behalten. Natürlich hingen Erinnerungen daran, aber er war nicht so sentimental, deswegen das Haus nicht zu verkaufen. Er konnte sich auch so jederzeit an seine Kindheit erinnern.

Unglücklicherweise musste er noch sehr viel Arbeit in das Haus stecken, bevor an einen Verkauf zu denken war. Außerdem wusste nur er, welche

Dinge weggeworfen werden konnten und welche aufbewahrt werden mussten, bis ein Verkauf oder eine Schenkung unter Dach und Fach war.

All diese neuen Verpflichtungen waren für seine Zerstreutheit verantwortlich. Aber nur zum Teil. Was ihn außerdem beschäftigte, war die Frage, weshalb sein Vater kurz vor seinem Tod auf einen verdienten Bürger der Gemeinde Dahlia losgegangen war und beinah den Sohn dieses Mannes umgebracht hätte, als der ihm zu Hilfe eilen wollte.

Damit er sich um diese Dinge kümmern konnte, blieb Trey nichts anderes übrig, als eine Auszeit zu nehmen. Andernfalls würde er seinen Job als Butch Corleys Tuning-Boss gefährden, und er hatte zu hart gearbeitet, um es so weit kommen zu lassen. Kein Mechaniker, der noch bei Trost war, würde für jemanden arbeiten wollen, der nicht ganz bei der Sache war, und kein Fahrer würde so jemanden an seinen Rennwagen lassen.

Da er wusste, dass Sunshine einem Plausch ebenso wenig widerstehen konnte wie einem Corndog, blieben Trey ungefähr dreißig freie Minuten. Der Rest der Truppe würde im Lauf des Tages eintrudeln, um sich auf das erste Qualifikationstraining am Freitag vorzubereiten. An diesem Wochenende würde es keine Freizeit geben, da rund um die Uhr gearbeitet wurde, um eine Bad-Dog-Vorstellung abzuliefern, die die Corley-Fans nicht vergessen würden.

Diese kurze Pause war also die letzte, die Trey bis zum späten Sonntagabend haben würde. Sobald Sunshine zurück war, würde jede Hand gebraucht werden und …

„Als ich dich das letzte Mal habe still dastehen sehen, hattest du gerade die Hose heruntergelassen."

Erschrocken fuhr Trey in der Werkstatt herum.

„Wie schön, dass meine Erinnerung mich nicht täuscht. Du hast tatsächlich einen knackigen Po."

Er konnte das Gesicht der Frau im Türrahmen nicht richtig erkennen, weil sie die Sonne im Rücken hatte. Trotzdem wusste er genau, wer ihn da musterte. „Cardin Worth. Es ist eine Weile her."

Sie trug schwarze Turnschuhe, eine Hüftjeans und ein schwarzes T-Shirt mit dem Dahlia-Speedway-Logo. Sofort beschleunigte sich sein Puls, wie immer, sobald sie in seiner Nähe war oder er auch nur an sie dachte.

Und er hatte in den vergangenen sieben Jahren oft an sie gedacht. „Wie geht es dir?"

Sie nahm ihre Sonnenbrille ab und betrat den Anhänger, der als Werkstatt diente. Ihr langer schwarzer Pferdeschwanz wippte, und ihre Wangenknochen waren markanter als in seiner Erinnerung. „Mir geht's gut, Trey. Und dir?"

„Auch." Er beobachtete, wie sie die Sonnenbrille weglegte und den Drehmomentschlüssel nahm, dessentwegen er hergekommen war. Schon immer stand er auf ihre anmutigen Hände, und er hatte sich schon immer danach gesehnt, sie möge ihn intensiver berühren als an jenem Abend, an dem er von ihr mit heruntergelassener Hose ertappt worden war. „Was machst du schon so früh an einem Rennwochenende hier?"

„Eigentlich suche ich nach meinem Großvater." Sie musterte ihn forschend. „Hast du ihn gesehen?"

„Jeb? Nein." Trey hatte ganz vergessen, wie blau ihre Augen waren, wie wundervoll ihr Körper. „Geht es ihm gut?"

Ein kleines Grübchen erschien in ihrem Mundwinkel. „So gut wie eh und je."

„Und du? Wie geht es dir?"

Ihr Lächeln wurde mitleidig, ihr Blick mild. „Das hatten wir schon."

„Ach ja. Tut mir leid. Ich bin in Gedanken …"

„Schon beim Rennen?"

Nein, eher an jenem Abend vor sieben Jahren, an dem die Abschlussfeier der Highschool stattfand und sie Trey mit heruntergelassener Hose ertappt hatte. Jener Abend, als er Cardin in die Enge getrieben und ihrem Atem gelauscht hatte.

Er fragte sich noch immer, wie lange sie dort schon gestanden hatte, warum sie überhaupt stehen geblieben war, statt einfach weiterzugehen, und ob es sie so erregt hatte, wie er vermutete. Er fragte sich außerdem, ob sie, genau wie er, später von dieser Nacht geträumt hatte.

Er räusperte sich und kam auf ihre Frage zurück. „Ja, Farron Fuels ist immer ein wichtiges Rennen für Butch."

„Für Dahlia auch", erinnerte sie ihn, und in ihrer Stimme schwang ein gewisser Stolz auf ihre Heimatstadt mit.

Trey wusste, dass ihre Familie genau wie alle anderen, die von den vielen Besuchern des Dragster-Rennens profitierten, die schlechte Nachricht früh genug erfahren würde.

Dank Artie Buell, Sohn des Sheriffs, der sich gestern Abend in einer Kneipe an „Bad Dog" Butchs Frau, die zusammen mit Sunshines Frau dort gewesen war, herangemacht hatte, war dieses Rennen das letzte für Butch. Er wäre hinter Gittern gelandet statt auf der Rennstrecke, wenn Trey und die anderen ihn nicht davon abgehalten hätten, auf Artie loszugehen.

Butch hatte nichts mehr übrig für eine Stadt, in der

ein angeblich rechtschaffener Bürger – noch dazu einer, der mit dem Sheriff verwandt war – ungestraft eine verheiratete Frau belästigen konnte. Deshalb war das diesjährige Rennen das letzte. Corley Motors, eines der größten Dragsterteams, würde nicht mehr zum Dahlia Speedway zurückkehren.

Und das bedeutete, dass auch Trey nicht mehr zurückkehren würde, sobald er seine Angelegenheiten hier erledigt hatte.

Cardin drehte mit nachdenklicher Miene den Schraubenschlüssel in der Hand. „Es muss seltsam sein, wenn man hier aufgewachsen ist und nie zu Besuch da war. Außer während des Farron Fuels."

Er wollte ihr erklären, dass es ganz und gar nicht seltsam war, weil Dahlia für ihn nur irgendeine Viertelmeile Asphalt war, über die er seinen Fahrer jagen musste. Aber er schwieg und wartete darauf, dass sie zu dem kam, was sie eigentlich von ihm wollte.

Und das tat sie, indem sie von leichten Sticheleien zu einem Hieb wechselte. „Die alten Freunde fehlen dir bestimmt, oder? Besonders Tater, wo ihr zwei doch unzertrennlich wart."

Natürlich vermisste er Tater, schließlich waren sie beste Freunde gewesen, noch bevor sie den Namen des anderen hatten buchstabieren können. Doch die einzige Person, die Trey wirklich hätte hier halten können, hatte nie zu ihm gehört – auch wenn sie ihn jetzt ausfindig gemacht hatte und vor ihm stand.

Deshalb schüttelte er den Kopf.

„Wirklich nicht?"

„Nein."

„Hm." Ihr Ton verriet, dass sie ihm nicht glaubte. „Gibt es nichts in Dahlia, das du vermisst?"

„Nein", log er.

„Oder irgendjemanden?"

„Nein." Noch eine Lüge.

„Nicht mal Kim Halton?"

Kim Halton war das Mädchen gewesen, das vor ihm kniete, als er seine Hose heruntergelassen hatte. Das Mädchen, das beendete, was es angefangen hatte, um Trey anschließend mit dem anderen Mädchen zurückzulassen, das alles beobachtet hatte.

„Etwas gibt es."

„Was?"

„Ich habe dich vermisst."

„Pfft." Sie fuhr sich lässig durch die Haare und verbarg ihr Gesicht hinter ihren Strähnen und ihrer Hand. „Wann haben wir uns schon gesehen?"

Er fragte sich, ob ihre Weigerung, ihm in die Augen zu sehen, verriet, dass ihr cooles Auftreten nur Fassade war. Und dann fragte er sich, wie viel von der Wahrheit sie wirklich hören wollte.

Und riskierte alles. „Du meinst außer dem einen Mal, als du zugeschaut hast, wie Kim es mir mit dem Mund machte?“

Ihre Wangen röteten sich, doch das war ihre einzige Reaktion, bis sie einmal kurz nickte.

„Ich sah dich in der Schule, in den Sporthallen und auf dem Footballfeld tanzen. Und ich sah dich immer dann, wenn ich auf einen Burger oder ein Bier im Restaurant deiner Eltern war.“

„Das ist lange her, Trey“, meinte sie, konnte ihre Verblüffung jedoch nicht verbergen. „Mindestens …“

„Sieben Jahre“, beendete er den Satz für sie.

„Das hört sich an, als hättest du genau mitgezählt.“

„Habe ich auch.“ Er kannte sogar das exakte Datum, an dem er aus Dahlia weggezogen war und Cardin zum letzten Mal gesehen hatte – außer im Vorbeigehen beim jährlichen Farron Fuels.

„Ich fasse es nicht. Du warst zwei Schulklassen über mir. Wir haben kaum mehr als ein Dutzend Worte gewechselt.“

Worte hatten allerdings nicht das Geringste mit den Empfindungen zu tun, die sie damals in ihm ausgelöst hatte – und noch heute in ihm weckte. „Und?“

„Deshalb gibt es keinen Grund, weshalb du mich vermisst haben könntest.“

„Du meinst keinen, der dir einfällt."

„Na ja, jetzt bin ich hier", sagte sie und flirtete ganz offen mit ihm.

Er verschränkte die Arme vor der Brust und betrachtete sie von Kopf bis Fuß. „Das ist nicht zu übersehen."

Amüsiert fuhr sie sich mit der Zungenspitze über die Lippen. „Du bist viel zu weit weg, um irgendetwas zu erkennen."

Zwischen ihnen lagen nur wenige Schritte, und Trey näherte sich ihr, sodass sie bis zu einem hüfthohen Spind zurückweichen musste. „Besser?"

„Sag du es mir", konterte sie.

So provoziert stützte er sich mit den Händen links und rechts von ihren Hüften auf der Edelstahloberfläche ab. „Nicht viel besser."

Zögerte sie oder spielte sie mit ihm? Wie auch immer, Treys Verlangen wurde stärker. Und dann legte Cardin ihm die Hände auf die Brust und fuhr mit den Fingern über seine Brustwarzen, die sich unter seinem Hemd abzeichneten. Das war so gut, dass er erschauerte – und noch mehr, als sie das Gesicht in seine Halsbeuge schmiegte.

Er schloss die Augen und atmete ihren Duft ein. Es war ihm klug erschienen, die Hände bei sich zu behalten, doch jetzt konnte er nur noch daran denken, dort weiterzumachen, wo sie vor sieben Jahren aufgehört hatten, weil sie zu jung gewesen waren.

Also umfasste er Cardins Oberarme, streichelte ihre Schultern und ihre Wangen und glitt mit seinen Händen tiefer, vorbei an ihren Brüsten. Was hier geschah, hatte weder Sinn noch Verstand. Seit damals gab es keinen Kontakt zwischen ihnen. Sie hatten auch nie darüber geredet, dass sie in jener Nacht beinah miteinander geschlafen hätten. Er hatte keine Ahnung, warum sie hier war, und momentan wollte er sich auch auf nichts anderes konzentrieren, als sie zu spüren.

Cardin schien es ähnlich zu gehen. Sie sah ihm in die Augen, öffnete die Lippen und stellte sich auf Zehenspitzen, um ihn zu küssen. Um es ihr leichter zu machen, beugte er sich ein wenig herunter, und sogleich neckte sie seine Zunge mit ihrer – verführerisch, sie wollte ihm zeigen, was ihm in all den Jahren entgangen war.

Aber darüber dachte er nicht mehr nach, denn nun lag sie in seinen Armen, und das wollte er genießen. Ihre beinah verzweifelte Leidenschaft überraschte ihn. Sie schob ihre Hände unter sein T-Shirt und fuhr ihm mit den Fingern durch die seidigen Brusthaare, ehe sie erneut seine Brustwarzen liebkoste, was ihn rasend vor Begierde machte.

Bevor er seine Selbstbeherrschung verlieren würde, unterbrach Trey den Kuss und spürte das Pochen ihres Herzens. „Cardin, warum bist du hier?"

„Ich weiß es nicht. Es ist so lange her. Ich war mir nicht sicher. Ich brauche ..."

„He, Whip! Wo steckst du? Du errätst nie, wen ich mit einem Corndog in jeder Hand gefunden habe."

Sunshine war zurück, daher blieb Trey nichts anderes übrig, als Cardin loszulassen. „Wir bringen das später zu Ende", flüsterte er.

„He, Whip!"

„Komme gleich", rief er und zog sein T-Shirt herunter. „Hast du mich verstanden?", wandte er sich an Cardin.

„Du meinst, dass wir das später zu Ende bringen?" Sie nickte.

„Und dann wirst du mir verraten, was du brauchst?"

Sie antwortete nicht, sondern küsste ihn ein letztes Mal, ehe sie ihre Sonnenbrille wieder aufsetzte und aus dem Anhänger sprang.

Trey sammelte sich noch einige Sekunden, dann schnappte er sich das Werkzeug und trat in die gleißende Sonne hinaus. Er blinzelte und erkannte draußen ausgerechnet Jeb Worth neben Sunshine. Damit war wenigstens geklärt, dass Cardins Behauptung, sie sei auf der Suche nach ihrem Großvater, nicht unbedingt gelogen war. Ob dies allerdings wirklich der Grund war, warum sie in den Corley-Truck gekommen war, diese Frage blieb offen.

Trey überkam der Verdacht, dass es um viel mehr ging.

2. KAPITEL

Sonntagnachmittag

Cardin Serenity Worth hatte ihr ganzes Leben in Dahlia, Tennessee, verbracht. Sie hatte der halben Stadt Limonade in Plastikbechern verkauft und Kekse der Pfadfinderinnen sowie Süßigkeiten für wohltätige Zwecke. Sie war Mitglied der Dahlia Highschool Darlings gewesen und hatte drei Jahre lang in den Halbzeitpausen auf dem Spielfeld das Tanzbein geschwungen. Außerdem war sie Mitglied im Kaninchenzüchterverein gewesen.

Sie hatte im Headlights, dem Restaurant ihrer Familie, gearbeitet, seit sie alt genug war, um Steuern und Sozialversicherungsabgaben zu zahlen, und hatte ihren Lebensunterhalt damit verdient, zu kellnern und Erdnussschalen auf dem Fußboden zusammenzufegen.

Jetzt war sie fünfundzwanzig Jahre alt, ein Mädchen aus der Kleinstadt, das jeder kannte und noch in zwanzig Jahren kennen würde als Schatten ihres Vaters Eddie, Prinzessin ihrer Mutter Delta und als ganzen Stolz ihres Großvaters Jeb. Das brachte es mit sich, eine Worth zu sein und damit zu einer Familie zu gehören, die so im Ort verwurzelt war wie der Dahlia Speedway, die Dragster-Rennstrecke, auf der in knapp zwei Wochen das jährliche Moonshine-Rennen stattfinden sollte.

Das Mitternachtsrennen war die einzige Veranstaltung, bei der Jeb nach wie vor einen Wagen starten ließ, den er „White Lightning“ nannte. „Weißer Blitz“, eine Anspielung auf die Jahre der Prohibition, in denen der schwarzgebrannte Schnaps ihres Urgroßvaters Orin drei Gemeinden bei Laune hielt und seine eigene Familie vor dem Armenhaus bewahrte.

An diesem zu Ende gehenden Wochenende aber hatte die Piste den Top-Fuel-Dragsters gehört – langen, schmal gebauten speziellen Rennwagen mit dünnen Vorderrädern, die eine Viertelmeile unter fünf Sekunden fuhren und dabei eine Geschwindigkeit von über vierhundert Kilometern pro Stunde erreichten.

Die Farron Fuel Spring Nationals hatten bereits die Zelte abgebrochen, und das gesamte Team von Corley Motors aß und feierte nun an zwei Tischen im Headlights, keine fünf Meter von der Stelle entfernt, an der Cardin gerade zerstoßenes Eis in rote Plastikbecher mit Cola und süßem Tee füllte.

Nur war es nicht die Anwesenheit des gesamten Teams, die ein Kribbeln in ihr auslöste und ihr feuchte Handflächen bescherte, sondern nur der Mann, der an der hinteren Ecke des zweiten Tisches saß. Die im Stil eines Werkstattportals gestaltete Wand hinter ihm war wegen der milden Abendbrise aufgeschoben worden.

Es war der Mann, der gerade den letzten Maiskolben knabberte von denen, die die Gruppe zu ihren Hamburgern, den Chicken Wings und dem Krug Bier bestellt hatte.

Der Mann, dem sie sich vor drei Tagen an den Hals geworfen und den sie wie eine verliebte Frau geküsst hatte.

Trey Davis war der Teamchef von Corley Motors und das Gegenstück zu Cardin: der Junge aus der Kleinstadt Dahlia. Allerdings war er nicht in Dahlia geblieben so wie sie, und obwohl er hier noch ein Haus besaß, kam er nur während der Renntage im Frühling zu Besuch.

Cardin bildete sich ein, dass ihre gemeinsame Herkunft sie miteinander verband. Trey wusste, was es hieß, aus einer Kleinstadt in Tennessee zu stammen, mit Stereotypen behaftet zu sein, sich mit Vorurteilen herumzuärgern, dem Akzent und einer Familie, die einen in den Wahnsinn treiben konnte.

Außerdem war da noch die Sache mit der Schwärmerei während der Highschoolzeit, die über die Schulzeit hinaus angehalten hatte und jedes Jahr im

März wieder aufflackerte, wenn das Farron Fuels stattfand und Cardin ihn wiedersah.

Hinterher fühlte sie sich stets wie ein Opfer ihrer eigenen Schwäche, weil sie wieder einmal Angst gehabt hatte, Trey auf jenen Abend vor sieben Jahren anzusprechen … auf das, was zwischen ihnen vorgefallen war, auf die süßen Dinge, die er ihr ins Ohr geflüstert hatte, und dass sie ihn seither nicht mehr vergessen konnte.

All dieser Dinge wegen und wegen der Verbindung zwischen ihren Familien – Treys Urgroßvater Emmett war der Partner ihres Urgroßvaters Orin im Schwarzbrennereigeschäft gewesen – hatte sie Vertrauen zu ihm und hoffte, seine Instinkte würden ihr dabei helfen, die Familienfehde der Worths zu beenden.

Es war offensichtlich, dass sie das nicht allein schaffen würde. Oft genug hatte sie versucht, die Beziehung ihrer Eltern wieder ins Lot zu bringen, ohne Erfolg. Eddie und Delta waren inzwischen getrennt. Cardin hatte auch versucht, die Kluft zwischen ihrem Vater und ihrem Großvater zu schließen. Die beiden redeten nicht mehr miteinander, weil Jeb ständig von dem Streit anfing, bei dem ihr Vater beinah ums Leben gekommen wäre.

Ein Jahr lang hatte sie die Friedensvermittlerin gespielt und ihre Mutter dazu gebracht, Verständnis für die Launen ihres Vaters zu haben. Schließlich hätten sie ihn beinah verloren. Ihn wiederum hatte Cardin davon überzeugt, Geduld zu haben, da die Genesung Zeit brauchte und nicht über Nacht geschehen würde, wie er gehofft hatte.

Überdies hatte sie ihren Großvater dazu gebracht, Eddies Fragen zu beantworten. Er war es schließlich gewesen, der den Kampf beendet und damit verhindert hatte, dass einer der anderen Männer verletzt wurde. Deshalb hatte er ein Recht darauf, zu erfahren, warum Aubrey Davis auf Jeb losgegangen war. Seit diesem Krach vor zwölf Monaten, der Eddie ins Krankenhaus gebracht hatte und an dem Treys Vater beteiligt gewesen war, glaubte Cardin, er sei ihr etwas schuldig.

Selbstverständlich ahnte er nichts von ihren Plänen, ihn zu benutzen.

Und sie war sich immer noch nicht ganz sicher, wie sie ihm den … Antrag machen sollte.

Während ihres Besuchs am Donnerstag auf dem Dahlia Speedway hatte sie keine Gelegenheit gehabt, ihm ihre Pläne darzulegen. Sie hatte lediglich ein wenig vorfühlen und herausfinden wollen, ob das Knistern zwischen ihnen noch da war.

Das war es, und zwar genauso aufregend wie in

jener Nacht, als sie von seinem muskulösen Körper an die Schlafzimmerwand gedrückt worden war, eine Berührung, die sie nie vergessen würde.

Sie erschauerte und unterdrückte ein Stöhnen. Dies war nicht der richtige Zeitpunkt, um sich an das sanfte Kratzen seiner frischen Bartstoppeln zu erinnern und daran, wie sich seine starke Brust angefühlt hatte.

Richtiger Zeitpunkt oder nicht – ihre Gedanken schweiften unweigerlich in diese Richtung ab, was prompt ihren Puls beschleunigte.

„Cardin?“

„Hm?“

„Du hast ja gar keinen Platz mehr für die Getränke gelassen.“

„Was?“

„Die Getränke. Das Eis. Cardin!“

Cardin riss sich von Treys Anblick los und wandte sich der tadelnden Stimme zu, die Sandy Larabie gehörte, die schon genauso lange wie Cardin im Headlights arbeitete. Sie war sechs Jahre älter und hatte schon zwei Scheidungen hinter sich. Außerdem war sie die bissigste der Kellnerinnen und die mit den meisten Trinkgeldern.

Sie deutete mit einem Kopfnicken auf die Becher in Cardins Händen, und nicht ein einziges Haar ihrer aufgedonnerten Frisur geriet dabei in Unordnung. „Konzentrier dich ein bisschen. Der Laden brummt."

Cardin konzentrierte sich durchaus, nur nicht auf das, wovon Sandy sprach. „Tut mir leid. Ich war ... abgelenkt."

Sandy füllte Eis für eine ihrer Getränkebestellungen in einen Becher und folgte Cardins Blickrichtung. „Wusstest du, dass er hierbleibt, wenn das Team morgen weiterreist?"

Ja, das wusste sie, hatte es sogar früher erfahren als die meisten, da Jeb Neuigkeiten stets als einer der Ersten aufschnappte. Sie war von der Nachricht ebenso überrascht gewesen wie alle anderen auch, doch ihr Wissensvorsprung hatte es ihr ermöglicht, in Ruhe einen Plan auszuhecken.

Zu blöd, dass sie sich schon dazu hatte hinreißen lassen, Trey zu küssen, bevor sie ihm irgendetwas hatte erklären können. Doch ihn wiederzusehen hatte sie derartig aufgewühlt, dass sie keinen klaren Gedanken mehr fassen konnte.

„Ich weiß", sagte sie zu Sandy. „Kaum zu glauben, was?"

Sandy ließ zwei Kaugummiblasen platzen. „Tater hat mir erzählt, dass Trey sich ein paar Monate freinimmt, um das Haus seines Vaters zu entrümpeln und zu verkaufen." Winston Tate „Tater" Rawls, Mechaniker in der Autowerkstatt Morgan and Son, war auf der Highschool Treys bester Freund gewesen und derzeit mit Sandy zusammen.

„Ich glaube, Trey hat seit einem Jahr keinen Fuß mehr auf das Grundstück gesetzt. Ich frage mich, wie lange er wohl bleiben wird“, meinte Cardin, um Sandy vielleicht noch mehr Informationen zu entlocken. Je mehr sie wusste, desto überzeugender konnte sie sein, wenn sie mit Trey sprach.

„Tater sagt, Trey wird am Ende dieser Saison das Corley-Team wieder unterstützen“, meinte Sandy. „Aber da sie nicht mehr auf unsere Rennstrecke zurückkehren werden, sehen wir ihn möglicherweise zum letzten Mal hier.“

Die Bestellglocke ertönte, und Sandy wandte sich ab, während Cardin noch ihre Gedanken ordnete. Sie hatte Gerüchte gehört, dass Corley Motors den Dahlia Speedway von der Veranstaltungsliste gestrichen hatte. Das siegreiche Team war Favorit auf dieser Rennstrecke und ein Publikumsmagnet, was nicht zuletzt darauf zurückzuführen war, dass der Teamchef aus der Stadt kam.

Aber weil dieser Idiot Artie Buell sich an Butch Corleys Frau herangemacht hatte, war „Bad Dog“ Butch fertig mit Dahlia. Das war auch deshalb schade, weil die Stadt das Geld brauchte, das solche großen

Teams hereinbrachten. Große Teams wie das, bei dem der Mann beschäftigt war, den Cardin bitten wollte, für sie den Verlobten zu spielen.

Sowohl ihre Eltern als auch Grandpa Jeb mussten das schreckliche letzte Jahr vergessen und sich wieder wie eine Familie benehmen. Cardins Überlegung war, dass es sie aus ihrem Trübsinn reißen würde, wenn sie ihrer Familie Trey als ihren Verlobten vorstellte. Dann hätten sie etwas Neues, worauf sie sich konzentrieren könnten – nämlich darauf, alles zu versuchen, um diese Verlobung wieder zu lösen.

Schließlich war Trey Aubreys Sohn, und Aubrey war auf Jeb losgegangen und hatte Eddie ins Krankenhaus gebracht. Die Gründe für sein Verhalten hatte er mit ins Grab genommen. Wenn die Vorstellung, Cardin könnte Aubreys Sohn heiraten, ihre Familie nicht davon ablenkte, sich auf ungesunde Weise mit sich selbst zu beschäftigen, würde nichts das schaffen. Dies war ihre letzte, zugegebenermaßen verzweifelte Bemühung.

Aber hinter ihrem Plan steckte noch mehr, denn Trey war auch der Mann, den Cardin seit sieben Jahren nicht vergessen konnte. Sie musste herausfinden, was sie wirklich für ihn empfand.

In der Schule war er zwei Klassen über ihr gewesen, aber in einer Kleinstadt wie Dahlia liefen sich die wenigen Teenager immer wieder über den Weg – bei Schulfeiern und Sportveranstaltungen. Und bei Partys, die Klassenkameraden ohne das Wissen ihrer Eltern gaben.

Wie zum Beispiel Taters Fete nach dem Schulabschluss, auf der Cardin eine Tür geöffnet hatte, die sie für die Toilettentür hielt. Doch sie landete aus Versehen im Elternschlafzimmer, wo sie Trey in die Augen sah. Seine Hose hing ihm um die Knöchel, während Kim Halton mit offenem Mund vor ihm kniete.

Cardin war beschwipst gewesen, Trey dagegen stocknüchtern. Das hatte sie seinem Gesicht angesehen, als das Licht vom Flur ins dunkle Zimmer fiel. Sie sah die Empfindungen darin ebenso klar und deutlich wie einen gewissen Körperteil, und sie war überzeugt, dass Trey sich gewünscht hätte, sie wäre diejenige, die sich darum kümmerte, und nicht Kim Halton.

Heute war Cardin fünfundzwanzig, keine achtzehn mehr, doch noch immer erinnerte sie sich an diesen Blick, mit dem er sie stumm anflehte, zu bleiben und ihn so zu begehren, wie er sie begehrte. Und sie wartete und begehrte ihn tatsächlich. Sie hatte beobachtet, wie er kam, und wusste die ganze Zeit, dass er sich dabei *ihre* Liebkosungen vorstellte, *ihre* Lippen, *ihre* Zunge.

Als Kim fertig war, entdeckte sie Cardin und lief mit einem süffisanten Grinsen aus dem Zimmer. Trey zog sich hastig die Hose hoch und fluchte, während Cardin puterrot wurde. Dann drückte er sich an sie, presste sie gegen die Wand und forderte sie auf zu vergessen, was sie gesehen hatte.

Dabei spielte er mit einer Strähne ihres Haars und fragte sie, wie es ihr gelang, mitten in der Nacht nach Sonnenschein zu duften. Er streichelte zärtlich ihren Hals und sagte ihr, ihre Haut sei weicher als Daunen. Sie schwieg und gab, indem sie ihm die Hände auf die Brust legte, einem Verlangen nach, das sie nicht verstand.

Sie spürte seinen Herzschlag, hörte, wie seine Atmung sich beschleunigte. Sie fand keinen klaren Gedanken mehr und konnte nur noch auf ihrer Unterlippe kauen. Mit seinem Daumen hielt er sie davon ab, und selbst diese kleine Berührung ließ sie erschauern.

Dann umfasste sie sein Handgelenk, doch ihre Finger schlossen sich nicht ganz darum. Sie fühlte seine Haut, seine Knochen, seine rauen Härchen dort und wunderte sich, wie menschlich er sich anfühlte. Und so berührte sie mehr, seinen Handrücken, seine Nägel, seine Fingerspitzen, die Einbuchtung zwischen Zeigefinger und Daumen.

Sie berührte sein Gesicht und fand die Unebenheit an seiner Nase, die darauf zurückzuführen war, dass er sie sich einmal beim Football gebrochen hatte, zeichnete mit dem Finger den Schwung seiner Augenbrauen nach, strich sacht über seine dichten Wimpern und seine Grübchen, die beim Lächeln auf seinen Wangen erschienen. Sie fuhr ihm durch die Haare, und er drehte den Kopf, um ihre Handfläche zu küssen, wobei er Cardin in die Augen sah.

Seither war für sie nichts mehr wie vorher.

Jetzt atmete sie tief durch und verdrängte diese Erinnerungen, um mit wackligen Beinen die Drinks zu servieren, für die sie schon viel zu lange gebraucht hatte. Sie nahm die Essensbestellung der vierköpfigen Familie entgegen und eilte in die Küche, um sie in das System einzugeben, das sie an Eddie und seine Mitarbeiter weiterleitete.

Nachdem sie das erledigt hatte, überprüfte sie in der Damentoilette ihr Gesicht und ihre Haare. Sie musste wissen, ob sie so durcheinander aussah, wie sie sich fühlte, bevor sie zu Trey ging, um ihr Vorhaben in die Tat umzusetzen. Schließlich war er hier, und sie war auch hier. Warum also noch länger warten?

Überraschenderweise sah ihr Spiegelbild nicht zerzaust aus. Sicher, einzelne Strähnen hatten sich aus ihrem Pferdeschwanz gelöst, und ihre Wangen waren verständlicherweise ein wenig gerötet. Aber es sah sexy aus, keineswegs verlegen.

Der Ausschnitt ihres Headlights-T-Shirts ließ ihre Schlüsselbeine frei, und die großen runden Scheinwerfer des aufgedruckten Truck-Kühlergrills hoben ihre Brüste hervor. Das war natürlich albern, doch da es sich um Trey handelte und ihr Plan wichtig war, hatte Cardin keine Skrupel, weibliche Waffen einzusetzen.

Und mit ihren nackten langen Beinen unter dem knappen Jeansrock, ihren großen blauen Augen und der Unterstützung eines Victoria's-Secret-Push-up-BHs war sie im wahrsten Sinne des Wortes gut gerüstet.

Noch einmal atmete sie tief durch, dann ging sie zurück zur Küche, wo in der Durchreiche die Bestellungen standen. Sie nahm sich einen sauberen Teller, zwängte sich an den beiden Highschoolkids vorbei, die hier als Tellerwäscher arbeiteten, und wich Albert aus, dem Koch von der zweiten Schicht, der eine Wanne frisch durch den Wolf gedrehten Rindfleischs aus dem Kühlraum schleppte.

Da er die Hände voll hatte, konnte der griesgrämige Veteran ihr keinen Klaps auf den Po geben, sodass sie ihren Vater unbehelligt erreichte. Sie hielt ihm den Teller hin. „Ich brauche ein halbes Dutzend Maiskolben."

Eddie Worth war erst achtzehn gewesen, als Cardin geboren wurde. Inzwischen getrennt von ihrer Mutter, galt er sämtlichen alleinstehenden Frauen jeden Alters als fette Beute. Mit einem funkelnden Ausdruck in seinen blauen Augen, die er seiner Tochter vererbt hatte, wandte er sich von seinem großen Topf Chili ab. „Die Maiskolben gehen gratis raus, nehme ich an?"

„Ja, die gehen aufs Haus."

„Für wen diesmal?"

„Du sagst das, als würde ich regelmäßig Gratisessen verteilen."

„Das tust du ja auch." Er schnappte sich eine schwere Zange und langte in einen dampfenden Bottich. „Ich wüsste nur gern, an wen, damit ich mir das Warum denken kann."

Hm, die Vorstellung, ihr Vater könnte hinter ihre Pläne mit Trey kommen, gefiel ihr gar nicht. „Die sind für die Leute von Corley Motors, weil Butch doch heute gewonnen hat."

Eddie legte gerade den sechsten Maiskolben auf den Teller, den Cardin ihm hinhielt, und musterte sie mit zusammengezogenen schwarzen Brauen. „Irgendetwas sagt mir, dass die nicht für das ganze Team sind und dieser Sieg dir genauso gleichgültig ist wie mir."

Und Eddie waren die Rennen wirklich egal, seit er nach seinem Unfall Jebs Wagen nicht mehr fahren konnte. Seit jenem Tag wollte er mit Corley Motors nichts mehr zu tun haben, da der Teamchef der Sohn des Mannes war, der ihn beinah umgebracht hätte. „Na schön. Die sind für Trey. Zufrieden?"

„Ob ich zufrieden darüber bin, dass du dir Trey ausgeguckt hast?" Er schüttelte den Kopf. „Kann ich nicht behaupten."

Cardin seufzte frustriert. Ihr Vater war nachtragender als jeder andere Mensch, den sie kannte. Dabei war das dumm, schließlich war es Aubrey Davis gewesen und nicht Trey, der Eddie ins Krankenhaus gebracht hatte. „Selbst wenn er von mir mehr als nur ein paar Maiskolben bekommen würde, bräuchtest du dir keine Sorgen zu machen."

Eddie rührte wieder in seinem blubbernden Chili. „Und das soll mich beruhigen?"

„Vergiss nicht all die Dinge, die du mir über Männer beigebracht hast. Außerdem kann ich auf mich selbst aufpassen. Du kannst mir vertrauen."

Ihr Vater hielt beim Umrühren inne. „Ich vertraue darauf, dass du weißt, dass er dir das Herz brechen wird."

„Ach Daddy." Cardin schmiegte die Wange an seine Schulter. „Niemand wird mir das Herz brechen. Das werde ich nicht zulassen. Das gilt auch für Trey Davis."

Eddie klopfte den Kochlöffel am Topfrand ab und zeigte damit auf seine Tochter. „Ich werde dich daran erinnern, wenn du mit Tränen in den Augen zu mir kommst, weil er dir doch das Herz gebrochen hat. Und jetzt verschwinde mit den Maiskolben, bevor sie so sehr abkühlen, dass keine Butter mehr auf ihnen schmilzt."

Cardin gab Eddie einen Kuss auf die unrasierte Wange, entkam erneut Alberts Händen, wich den Spülwasserpfützen der Tellerwäscher aus und ignorierte Sandys Beschwerde, weil sie sich um Cardins Tische hatte kümmern müssen.

So lange war sie nun auch nicht weg gewesen, und ihr war sehr wohl klar, dass sie sich wieder an die Arbeit machen musste. Aber wenn sie jetzt nicht Treys Aufmerksamkeit bekam, würde sie auf eine neue Chance warten oder sie sogar herbeiführen müssen. Und zu warten, während er in der Stadt war, wäre Zeitverschwendung, da er sich vermutlich zum letzten Mal hier aufhielt.

Auf halbem Weg sah er auf, als sie auf ihn zuging. Er hatte sich auf den Ellbogen gestützt, hielt das Bierglas mit der Hand umschlossen und lauschte einem der Männer am Tisch, der eine Geschichte zum Besten gab, als ihre Blicke sich trafen. Der Kontakt war so elektrisierend, dass Cardin auf ihre Schritte achten musste, da sie nichts anderes mehr wahrnahm. Vage registrierte sie, wie die Gespräche an den beiden Tischen verstummten und alle sie ansahen, doch das kümmerte sie nicht. Trey erwartete sie, und in seinen dunklen Augen las sie Neugier und ein weitaus persönlicheres Interesse.

Gut. Das war genau das, was sie wollte. Sie blieb vor ihm stehen und stellte den Teller mit den Maiskolben auf den Tisch. Über ihr an der Wand lief der Fernseher und zeigte Ausschnitte des heutigen Rennens. Als sie Salz, Pfeffer und die weichen Butterbällchen heranzog, streiften ihre Brüste Treys Schulter. Mit pochendem Herzen flüsterte sie ihm ins Ohr: „Ich bin bereit, dir zu sagen, was ich brauche."

Sie wartete nicht auf eine Erwiderung, sondern ging davon und lächelte über die anerkennenden Pfiffe und das Gejohle hinter ihr.

„Na komm schon, Trey. Was hat sie gesagt?"

„Ja, Mann, lass uns nicht zappeln."

„Mir könnte dieses Mädchen jederzeit süße Sachen ins Ohr flüstern. Allerdings müsste ich meiner

Frau dann erklären, dass es beim Flüstern geblieben ist."

„Na ja, Sunshine, wenn man dich ansieht und dann die Kleine, hättest du auch Mühe, irgendwen davon zu überzeugen, dass mehr zwischen euch gelaufen ist."

Trey ignorierte die anerkennenden Pfiffe, die Cardin galten, und die Bemerkungen seiner Freunde, und schaute ihr hinterher, bis sie mit wippendem Pferdeschwanz in der Küche verschwunden war. Dann stand er auf. „Entschuldigt mich, Jungs. Mir ist etwas Unerwartetes dazwischengekommen. Wir sehen uns später."

„Was könnte das wohl sein?"

„Brauchst du vielleicht Hilfe?"

„Sag ruhig Bescheid. Meine Frau hat Verständnis dafür, wenn ich einem Freund helfe."

„Ich kenne deine Frau, Sunshine. Die hätte nicht einmal Verständnis dafür, wenn du dir selbst hilfst."

Trey winkte zum Abschied und bahnte sich seinen Weg zwischen den Tischen und herumtobenden Kids hindurch zur Küche. An der Schwingtür schenkte er der Kellnerin mit der aufgedonnerten Frisur ein Lächeln, als sie ihm erklärte, der Zutritt zur Küche sei untersagt. Cardin war in dem geschäftigen Treiben der Küchenhilfen nirgends zu sehen. Dafür entdeckte er ihren Vater.

„Hallo, Whip." Eddie Worth war genauso groß wie Trey, ebenso stark, und er besaß sechzehn Jahre mehr Erfahrung. Seinen Augen entging nichts, und ein kluger Mann legte sich lieber nicht mit ihm an.

„Hallo, Eddie." Trey schüttelte Cardins Vater die Hand und wusste nicht, was er sagen sollte, da der Grund seines Besuchs in der Küche offensichtlich war. „Wie geht es dir?"

„Mir geht's gut", antwortete Eddie, während er Treys Hand schüttelte. „Tut mir leid, das mit deinem Dad."

Obwohl Treys Vater derjenige gewesen war, der dafür gesorgt hatte, dass Eddie ins Krankenhaus musste, klang die Beileidsbekundung aufrichtig. Immerhin waren seit dem Vorfall sechs Monate vergangen. „Danke. Es war nicht leicht, die Beerdigung und all das zu organisieren."

„Aber jetzt geht es wieder besser?"

Trey nickte. Das war klüger, als zu erklären, was er wirklich brauchte, damit es ihm besser ging.

„Freut mich zu hören." Eddie warf sich das Küchenhandtuch über die Schulter und verschränkte die Arme vor der Brust. „Ich habe gehört, du willst euer Haus für den Verkauf vorbereiten."

„Bei der momentanen Wirtschaftslage könnte es eine Weile dauern. Aber da ich nie hier bin, hat es keinen Sinn, es zu behalten."

„Tja, ich hoffe, du hast Glück. Ich nehme an, du suchst Cardin?"

„Ja, stimmt."

„Sie ist draußen." Eddie zeigte zur Tür, die auf den Hinterhof führte. „Bringt Müll raus."

„Danke", sagte Trey und ging zum Ausgang, wobei er Eddies Blick förmlich im Rücken spürte. Was zwischen ihm, Jeb und Treys Vater vorgefallen war, würde er später versuchen aufzuklären. Jetzt hatte Trey andere Dinge im Sinn.

Draußen fand er Cardin, die einen schwarzen Müllsack aus einer großen grauen Plastiktonne zerrte. Sie bemerkte ihn nicht, und obwohl er den Impuls verspürte, ihr zu helfen, beobachtete er das Spiel ihrer Arm- und Schultermuskeln und wie sie sich ungeduldig die Haare aus dem Gesicht pustete. Dann wischte sie sich mit dem Handrücken die Stirn und entdeckte ihn.

„Wie lange stehst du schon da?"

„Lange genug, um zu sehen, dass du Hilfe gebrauchen kannst."

„Und du bietest mir keine an? Na, da tut es mir leid, dass ich dir die Maiskolben gebracht habe."

„Glaub mir, das muss dir nicht leidtun", erwiderte er und ging langsam auf sie zu.

Ihre Finger schlossen sich fester um den Müllsack, und Trey registrierte das Pulsieren ihrer Halsschlagader.

„Dann halt die Tonne fest, damit ich den Sack herausbekomme und wieder zurück an meine Arbeit kann."

Er blieb vor ihr stehen, legte die Hände auf den Rand der Tonne und stütze sich darauf, damit sie auf dem Boden blieb. Dadurch kam er nah genug an Cardin heran, um ihren Duft einzuatmen. Er sehnte sich danach, ihr noch viel näher zu sein. „Das ist nicht der Empfang, mit dem ich gerechnet habe."

„Tut mir leid." Sie zerrte den Sack heraus. „Wenn ich von Müll umgeben bin, habe ich nicht die allerbeste Laune."

Sie kletterte auf eine leere Kiste und warf den Sack in den Müllcontainer. Dann stieg sie wieder herunter und klopfte sich die Hände ab. Die Tonne blieb als eine Art Puffer zwischen ihnen. „Danke."

Trey räusperte sich und sah in Gedanken noch ihren knappen Rock und die schwarze Strumpfhose vor sich. „Können wir zu dem kommen, was du brauchst?"

Er hätte die Tonne einfach wegschieben und Cardin an sich ziehen können, doch jetzt war sie am Zug, und deshalb würde er das Spiel vorerst nach ihren Regeln spielen.

Sie reagierte, indem sie seiner Frage auswich. „Warum willst du dein Haus verkaufen?“

„Du hast also auch schon davon gehört, was?“

„Jeder in der Stadt hat davon gehört. Du weißt doch, wie das in Dahlia läuft.“

Das wusste er nur zu gut, und es war einer der Gründe, weshalb er die Brücken hinter sich abbrach. Er hatte die Nase voll davon, dass jeder sich ständig in seine Angelegenheiten mischte. „Dad ist tot, und ich bin die meiste Zeit unterwegs. Ich hielt das für die beste Lösung.“

„Aber dann hast du kein Zuhause mehr.“

„Zuhause ist dort, wo dein Herz ist. So sagt man doch, oder?“

„Brauchst du Hilfe?“

Er runzelte die Stirn. „Wie bitte?“

„Ich würde dir gern helfen, beim Packen, Organisieren, Ausmisten.“

So ein Angebot hatte er nun wirklich nicht erwartet, als er ihr hierher gefolgt war. „Hast du mich deshalb neulich aufgesucht? Du bietest mir deine Hilfe bei der Vorbereitung des Hausverkaufs an?“

Erneut gab sie keine direkte Antwort. „Ich habe das Haus deiner Familie gesehen. Das ist viel Arbeit für einen allein.“

Sie hatte recht. Ordnung in seinem Elternhaus zu schaffen war eigentlich zu viel Arbeit für einen allein, es sei denn, man wollte sich für den Rest seines Lebens mit der Vergangenheit befassen. An sich war das keine schlechte Sache, nur gefiel Trey das Hier und Jetzt viel besser.

Da er Einzelkind gewesen war, hatte er viel Zeit mit Babysittern verbracht. Als er zwölf gewesen war, hatte seine Mutter die Familie verlassen und er war mit seinem Vater allein geblieben. Trey hasste sie dafür, bis er von der Untreue seines Vaters erfuhr. Da kam er zu der Einsicht, dass Hassgefühle völlig unangebracht waren, da beide Eltern sich falsch verhalten hatten.

Allerdings glaubte er keine Sekunde lang, dass Cardin ihn nach draußen gelockt hatte, um mit ihm über seine Zukunftspläne zu sprechen. „Du kannst mir gern helfen, aber vorher muss ich wissen, was hinter deinem Angebot steckt."

„Was meinst du?" Sie tat verwirrt.

„Was willst du von mir, Cardin?", fragte er und stieß die Tonne zur Seite, sodass nur noch das sinnliche, elektrisierende Knistern zwischen ihnen war. „Denn ich kann mir nicht vorstellen, dass es das Gleiche ist, was ich von dir will – ganz egal, welche Botschaft du mir mit dem Mais schicken wolltest."

Sie hob das Kinn. „Das wirst du herausfinden, wenn du mein Angebot annimmst."

Trey rang um Geduld und ermahnte sich, dass er sie die Regeln bestimmen lassen wollte. „Was ist mit deiner Arbeit hier? Arbeitest du nicht Vollzeit?"

„Das stimmt, aber das bekomme ich schon hin. Es wird dem Boss nichts ausmachen, sich nach meinen Zeiten zu richten."

In diesem Fall würde er nicht Nein sagen. „Möchtest du morgen anfangen? Ich wollte mir zuerst die Nebengebäude vornehmen und schauen, was man noch verkaufen kann. Den Rest werde ich verbrennen oder zur Müllhalde fahren."

„Klar. Ich werde Jeb bitten, mir seinen Pick-up zu leihen. Es macht ihm Spaß, meinen Mini zu fahren."

Trey versuchte sich vorzustellen, wie dieser fast einen Meter neunzig große Mann mit den breiten Schultern und dem Bauch hinter das Lenkrad ihres roten Mini-Cooper-Cabrios passte. „Ich würde glatt Eintritt zahlen, um das zu sehen."

„Dann werde ich ihm sagen, er soll einen Preis nennen."

„Sehr witzig. Sagen wir, morgen um acht? Oder brauchst du noch mehr Schönheitsschlaf?"

„Meinst du, ich hätte Schönheitsschlaf nötig?", konterte sie.

„Vielleicht hattest du schon zu viel davon, und früh aufzustehen tut dir gut. Sagen wir, um sieben?“

„Wenn ich nicht so weit fahren müsste, könnten wir auch um sechs anfangen.“

Er machte einen Schritt auf sie zu. „Wirst du die Nacht dort verbringen?“

„Ich ziehe es in Erwägung“, sagte sie und befeuchtete sich die Lippen. Diese kleine Geste und wie sie ihn dabei ansah raubte ihm den Atem.

„Ich war die ganze Zeit an der Rennstrecke, deshalb weiß ich nicht, wie es um die Schlafgelegenheiten bestellt ist. Aber ich habe einen zweiten Schlafsack dabei.“

„Klingt doch gut. Die können wir zusammen ausbreiten oder an den Reißverschlüssen verbinden.“

„Spiel nicht mit mir, Süße.“ Er machte noch einen Schritt und stand so dicht vor ihr, dass sich ihre Schenkel berührten. „Sonst komme ich noch auf die Idee, dass du zu Ende bringen willst, was wir angefangen haben.“

„Haben wir etwas angefangen?“, fragte sie und wich zurück.

Er folgte ihr. Sie blieb stehen. „Cardin? Spielst du mit mir?“

„Jetzt, wo du es erwähnst – da ist etwas, das ich dich schon immer fragen wollte.“

„Nur zu."

„Es geht um Taters Party."

„Was ist damit?" Als wüsste er das nicht.

„Als ich dich damals sah …" Sie ließ den Satz offen und lehnte sich gegen die Wand.

„Mit Kim?"

Sie nickte. „Was hast du da gedacht?"

Er legte die Hände an die Hüften und gab einen verächtlichen Laut von sich. „Viel gedacht habe ich nicht."

„Kann ich mir vorstellen. Ich habe mich nur gefragt, ob du in Gedanken bei mir warst statt bei Kim."

Was sollte er darauf antworten? Die Wahrheit gestehen? Ihr sagen, dass er Kim kaum noch wahrgenommen hatte? Dass er sich nur noch an Cardins faszinierten Gesichtsausdruck erinnerte? Und natürlich daran, wie fest sich ihre Brüste angefühlt hatten und dass ihre Brustwarzen aufgerichtet waren.

„Ich denke jetzt an dich. Das ist alles, was zählt." Er drängte sich an sie, hob ihre Hände hoch und drückte sie über ihrem Kopf an die Wand. Dann schmiegte er seine Wange an ihre und biss sie zärtlich ins Ohrläppchen. Sie stöhnte leise.

„Deine Bartstoppeln sind weicher, als ich dachte."

„Ich muss mich rasieren", gestand er.

„Nein, tu es nicht. Erst nachdem ich Gelegenheit hatte, sie ausgiebiger zu spüren."

Diesmal war Trey derjenige, der stöhnte. „Meinst du, sofort? Oder heute Abend?"

„Ich meine, wann immer du mich willst."

3. KAPITEL

Wenn Cardin nicht aufpasste, würde es noch zu ihrer Lieblingsbeschäftigung werden, Trey zu küssen. Und sie würde alles andere, wobei sie seine Hilfe brauchte, vergessen. Aber im Augenblick zählte nichts anderes als dieser Kuss.

Wie der Kuss im Trailer vor ein paar Tagen, war auch dieser nicht vollkommen. Das war auch nicht möglich, wenn man fürchten musste, überrascht zu werden, und zudem draußen neben einem Müllcontainer stand.

Sie verstärkte den Druck ihrer Lippen und presste sich an Trey. Sein Mund war warm, seine Hände, mit denen er die ihren über ihrem Kopf festhielt, waren stark und besitzergreifend. Es war erregend, seine Gefangene zu sein.

Ihre Zungen fanden sich zu einem erotischen Spiel, das Cardins Verlangen weiter anfachte, während ihre Körper sich sinnlich aneinanderschmiegten. Trey verkörperte alles, wonach eine Frau sich sehnen konnte – und mehr, als die meisten bekommen würden. Er war ein anständiger und aufrichtiger Kerl. Sie wollte ihn seit der Highschool und stand kurz davor, ihm zu gestehen, dass sie seit damals in ihn verliebt war.

Stattdessen flüsterte sie ihm ins Ohr: „Trey?“

„Hm?“

„Willst du mich heiraten?“

Trey sprang zurück, als hätte Cardin ihm einen Peitschenhieb verpasst. Das war nicht gerade die Reaktion, auf die sie gehofft hatte, aber sie hatte schließlich auch noch keine Gelegenheit gehabt, ihm die Sache zu erklären.

„Ich habe mich nicht richtig ausgedrückt“, sagte sie.

„Das hoffe ich doch sehr.“ Er musterte sie misstrauisch. „Heiraten ist das Letzte, was ich will.“

„Geht mir genauso“, beeilte sie sich, ihm zu versichern, obwohl sie seine Reaktion ein bisschen übertrieben fand.

„Na ja, immerhin hast du mir gerade einen Heiratsantrag gemacht“, erinnerte er sie.

„Ja, stimmt, das habe ich.“ Sie hob die Hand und überlegte fieberhaft, was sie tun konnte, um die Sache nicht noch mehr zu vermasseln. „Noch mal von vorn. Trey, was hältst du davon, meinen Verlobten zu spielen, solange du hier bist? Keine feste Beziehung, kein böses Blut, wenn du gehst.“

Er starrte sie fassungslos an. „Möchtest du mir vielleicht erklären, worum es geht und was dir vorschwebt? Angesichts der Fehde zwischen unseren

Familien wird niemand glauben, dass wir verlobt sind."

Die jüngste Geschichte ihrer Familien war die Ursache ebenso vieler seiner Probleme wie ihrer, und ihre Rollen erinnerten an Romeo und Julia. Nur dass Cardins Familie dabei war, endgültig auseinanderzubrechen. „Ich könnte mit meiner Erklärung bei der Schwarzbrennerei unserer Urgroßväter beginnen, aber im Grunde hat es mit dem Streit zwischen deinem und meinem Vater zu tun."

Treys Miene verfinsterte sich. „Bei dem Eddie im Krankenhaus gelandet ist?"

„Genau", sagte Cardin. „Mit gebrochener Hüfte, gebrochenem Bein, von Nägeln zusammengehalten."

„Er hat selbst gesagt, dass es ein Unfall war", verteidigte er sich.

„Soll ich dir was sagen? Das ist mir egal. Ich weiß nur, dass meine Familie danach durchdrehte. Keiner redet mehr mit dem anderen, nur über die Arbeit und auch das nur während der Arbeit." Sie drückte ihre Handballen auf die Augen, in der Hoffnung, die beginnenden stressbedingten Kopfschmerzen zu lindern. Es funktionierte nicht, deshalb fuhr sie mit hämmernden Schläfen fort: „Seitdem ist es im Headlights, als würde man auf rohen Eiern laufen. Ich halte das nicht mehr aus. Wenn sich die Atmosphäre nicht bald wieder normalisiert, verschwinde ich von hier, sonst verliere ich nämlich noch den Verstand."

„Weil mein Vater in die Geschichte verwickelt war, soll ich dir helfen, den Streit innerhalb deiner Familie zu beenden?"

„Erraten." Sie boxte ihn gegen die Schulter.

Trey rieb sich nachdenklich die Stelle. „Wie lange brauchst du, um mir deinen Plan zu erläutern? Ich muss zurück auf die Rennstrecke und den Lastwagen beladen. Das Team bricht im Morgengrauen auf."

Wow. Er hatte nicht Nein gesagt. Die erste Hürde war genommen. „Dafür brauche ich mehr Zeit, als wir beide jetzt haben."

„Dann sehen wir uns heute Abend bei mir? Oder diente dein Angebot, mir zu helfen, nur als Köder, um mich für diese vorgetäuschte Verlobung zu gewinnen?"

„Wann soll ich da sein?"

Er zückte sein Blackberry. „Es ist schon sechs. Vor zehn werde ich nicht dort sein."

„Dann komme ich gegen zehn. Mit Jebs Pick-up, falls er ihn mir leiht." Sie wartete darauf, dass er noch etwas zu den Schlafmöglichkeiten, den fehlenden Matratzen oder seiner Campingausrüstung sagte, doch er schwieg. Das Funkeln in seinen Augen allerdings verriet, wie sehr er sie begehrte. Sie rechnete damit, dass er sie erneut küssen und vielleicht sogar die Hand unter ihren knappen Rock schieben würde.

Er tat weder das eine noch das andere, sondern löste sich von ihr und winkte kurz zum Abschied. Wie verwegen er dabei lächelte! Sogleich verspürte sie ein herrliches Kribbeln in ihrem Bauch.

An die Mauer des Lokals gelehnt, schaute sie ihm hinterher und fragte sich, ob sie sich womöglich ein wenig überschätzt hatte und ob sie nach diesem Abenteuer noch die sein würde, die sie jetzt war.

Trey hatte das Gefühl, nie mehr von der Rennstrecke wegzukommen. Die Verkaufsstände hatten zwar zusammengepackt, genau wie Corley Motors und die anderen Teams, trotzdem herrschte noch viel Betrieb.

Rauch stieg von Holzkohlefeuern auf, über denen Leute Bratwürste und Hamburger grillten, und hier und dort waren Gitarren, Geigen und Akkordeons zu hören. Der Montagmorgen würde für etliche der Feiernden schwer werden.

Trey war der Montagmorgen ziemlich egal, er wartete darauf, dass es zehn wurde, denn dann würde er endlich mit Cardin allein sein. Er dachte daran, dass er auch deswegen hierbleiben wollte, um dem Streit zwischen seinem Vater und Jeb auf den Grund zu gehen und weil Cardin ihm gestanden hatte, seit dieser Sache sei ihre Familie zerstritten. Trey konnte nicht behaupten, dass der Vorfall sein Leben nicht auch verändert hätte.

Vor einem Jahr hatte dieser Streit ihn zurück nach Dahlia gebracht. Als er eine Woche später wieder wegfuhr, gehörte ihm das Haus seiner Eltern, weil er die enormen Spielschulden seines Vaters ausgelöst hatte. Trey hatte nichts von den Schulden gewusst, die Aubrey angehäuft hatte, seit sein Sohn für Corley Motors arbeitete. Er erfuhr es erst durch den Anruf des Sheriffs, in dem dieser ihm mitteilte, Aubrey sitze wegen Körperverletzung im Gefängnis. Als Trey mit Tater sprach, der mit Aubrey zusammen bei Morgan and Son arbeitete, hörte er die Geschichte aus dem Mund seines besten Freundes.

Anschließend fuhr Trey zum Haus seiner Eltern und schloss eine Abmachung mit seinem Vater: Aubrey würde ihm das Haus, die Scheune und fünf Hektar Land überlassen, und Trey beglich im Gegenzug Aubreys Spielschulden. Dafür musste Aubrey Dahlia verlassen und sich in einer Stadt ohne Rennstrecke Arbeit suchen.

Natürlich hätte sein Vater nach Las Vegas gehen oder online spielen können. Man konnte überall Buchmacher finden. Doch Aubrey schien gebrochen zu sein und versprach alles, was Trey von ihm verlangte. Er dankte seinem Sohn für das Vertrauen und die Hilfe in der Not.

Das alles war vor fast einem Jahr gewesen, und Trey fragte sich inzwischen, ob es zu Aubreys Niedergang und Tod beigetragen hatte, dass er alles verloren hatte und gezwungen gewesen war, in eine andere Stadt zu ziehen. Oder ob sein Herz schon seit Jahren geschädigt und seine Zeit einfach abgelaufen war.

Trey schüttelte diese Gedanken ab, schloss die Ladefläche seines Pick-ups auf und durchsuchte seine Sachen. Da er Werkzeug, Baumaterialien, Benzin und Lebensmittel in der Stadt bekam, hatte er lediglich seinen Laptop, seine Campingausrüstung, seine Kleidung und das Allernotwendigste mitgenommen.

Das Haus war seit einem Jahr unbewohnt, und obwohl er Beau Stillwell beauftragt hatte, sich darum zu kümmern, wusste er nicht, in welchem Zustand er es vorfinden würde. Das spielte auch keine Rolle, Trey wollte trotzdem dort wohnen, und wenn er dazu campieren musste, würde er das tun.

„Sieht aus, als wolltest du Urlaub machen."

Trey entdeckte Jeb, der in einigen Metern Entfernung im Schatten des Corley-Motor-Lastwagens stand. „Ich brauche mal ein bisschen Abwechslung und muss etwas anderes tun. Allerdings wird es kein Erholungsurlaub."

„Du musst nicht in deinem Haus übernachten." Mit seinem Cowboyhut, dem gebügelten weißen Hemd, das ordentlich in die Kakihose gesteckt war, und den Stiefeln sah Jeb aus wie ein Sheriff. „Du bist bei uns herzlich willkommen. Wir haben Platz genug."

Trey wollte mit der Enkelin dieses Mannes schlafen, deshalb konnte er unter gar keinen Umständen in dessen Haus übernachten. „Es ist praktischer, wenn ich dortbleibe, dann muss ich nicht ständig hin- und herfahren."

Jeb nickte. „Weißt du schon, wie lange du in Dahlia bleiben wirst?"

„Bis ich das Haus so weit renoviert habe, dass ich es verkaufen kann. Da ich den Großteil der Arbeit selbst machen werde …" Trey hielt inne, denn er fragte sich, wie Cardins Großvater reagieren würde, wenn er von ihrem Hilfsangebot erfuhr. Trey fragte sich außerdem, ob der alte Mann einen Groll gegen ihn hegte wegen der handfesten Auseinandersetzung, die sein Vater angezettelt hatte und bei der Jebs Sohn ernsthaft verletzt worden war. „Tja, es wird eben so lange dauern, bis es fertig ist. Hängt davon ab, wie schnell ich arbeite."

„Dann wirst du also ein paar Wochen hier sein."

„Ja, so schnell bin ich nicht", antwortete Trey und hoffte, dass er Cardins Absicht richtig gedeutet hatte und er etliche Stunden anderweitig beschäftigt sein würde.

Jeb sah zum Sattelschlepper, wo Sunshine das Vordach abmontierte, unter dem die Mechaniker zwischen den einzelnen Durchgängen am Rennwagen arbeiteten. „Ich habe einen 69er Chevy Nova mit einer Eagle 4340 Nitrated-Pro-Kurbelwelle und noch mehr feinen Sachen hinten in meiner Garage stehen."

„Ach ja?"

„Ja. Eddie fuhr ihn für mich beim Moonshine-Rennen. Aber es sieht nicht danach aus, als könnte er das je wieder."

War Jeb doch gekommen, um Trey vorzuhalten, was Aubrey getan hatte und weshalb Eddie jetzt keine Rennen mehr fahren konnte?

„Der Wagen hat in den letzten sieben Jahren sechsmal gewonnen. Es wäre eine Schande, wenn er diesmal nicht an den Start ginge."

Trey kannte die dem Moonshine-Rennen zugrunde liegende Legende. Sein Urgroßvater Emmett Davis war einer der Schwarzbrenner gewesen, die die Aufmerksamkeit des Gangsters Diamond Dutch Boyle auf sich zogen. Jebs Vater, Orin Worth, war

Emmetts Partner gewesen, und Boyle hatte versucht, ihr Geschäft kaputt zu machen, weil sie seine Konkurrenten waren.

Die ganze Stadt wusste, dass Jeb mit vierzehn den 32er Plymouth des Gangsters in der LaBrecque-Schlucht gefunden hatte. Der Wagen lag schon vor seiner Geburt dort, er war während einer wilden nächtlichen Verfolgungsjagd hineingestürzt, und seitdem kursierte das Gerücht, zusammen mit dem Wagen und Dutch Boyle sei ein Vermögen in Diamanten verschwunden.

Als Jeb die Geschichte vom Verschwinden des Gangsters hörte, schwor er, dass er den Wagen finden würde. Und das gelang ihm. Zum Beweis brachte er die beiden Scheinwerfer vom Grund der Schlucht mit hinauf. Heute hingen sie über dem Eingang des Headlights, und die Inschrift zwischen ihnen lautete: „Falsch abzubiegen kann den Untergang bedeuten."

Trey hatte sich immer gefragt, ob die Inschrift für Jeb eine besondere Bedeutung hatte.

„Ich wollte dich neulich morgens in der Boxengasse schon fragen, kam aber nicht dazu."

Trey runzelte die Stirn. Hatte er etwas verpasst? „Was wolltest du mich fragen?"

„Ob du White Lightning im Moonshine-Rennen

fahren willst." Jeb schob seinen Hut in den Nacken.

Aha, darum ging es also. „Ich weiß nicht. Ich bin kein Fahrer."

„Du kannst fahren und kennst dich mit Rennwagen aus."

„Warum fragst du nicht Tater?"

„Weil ich dich will."

Auf der anderen Seite des Sattelschleppers war lautes Scheppern zu hören, gefolgt von Sunshines Stimme, mit der er jemanden anbrüllte, gefälligst besser aufzupassen. „Ich kenne deinen Wagen nicht. Ich müsste ihn mir erst ansehen und fahren."

„Dann machst du es also?"

Trey lachte. „Das habe ich nicht gesagt. Aber ich werde darüber nachdenken."

„Na schön. Und lass dich ruhig mal blicken, solange du hier bist. Wann immer du im Headlights essen willst, geht es aufs Haus."

„Danke. Darauf komme ich bestimmt zurück."

„Gute Vorstellung heute übrigens. Ich hätte nicht gedacht, dass Bad Dog auf dieser Strecke drei zwanzig unterbietet."

„Nachdem ich so viel Arbeit in den Motor gesteckt habe, hatte ich auf ein besseres Ergebnis gehofft", erwiderte Trey und überlegte, dass er für alle Fälle noch seine feuerfeste Rennmontur aus dem

Lastwagen holen sollte.

„Ich wusste, dass du der richtige Mann für den Job bist“, sagte Jeb und klopfte Trey auf die Schulter, ehe er davonging. Trey fragte sich, ob Cardins Großvater mehr von ihm wollte als seine Fähigkeiten als Mechaniker – und wenn ja, was das sein könnte.

Für Delta Worth gab es keine langweiligere Arbeit als Buchführung, und die erledigte sie für das Headlights lange genug, um an dieser Meinung festzuhalten.

Natürlich gab es hin und wieder Abwechslung, wenn sie sich um die Dienstpläne der Angestellten kümmerte oder sich mit Restaurantverkäufern traf, die ihre Waren feilboten. Aber da sie all das von ihrem kleinen fensterlosen Büro zwischen der Küche und den Toiletten aus machte, empfand sie diese Dinge überhaupt nicht als Abwechslung.

Und es wurde nicht gerade dadurch besser, dass sie bis zu sieben Tage in der Woche Tür an Tür mit ihrem getrennt von ihr lebenden Ehemann arbeitete.

Sie stand auf und ging zum Aktenschrank, in dessen oberstes Fach sie den Ordner mit den erledigten Kontoauszügen stopfte, wobei sie sich einen der Nägel abbrach, die sie sich vor Kurzem erst hatte machen lassen. Sie und Eddie mussten diese Sache zwischen ihnen unbedingt klären, und zwar bald.

Delta konnte es sich nämlich nicht nur nicht leisten, ihre Maniküre zu ruinieren, sie wollte auch nicht länger bei ihrer Tochter wohnen. Abgesehen davon hätte Cardin sicher auch nichts dagegen, aus dem Haus auszuziehen, das sie schon einmal verlassen hatte.

Achtzehn Jahre lang mit Eddie und Jeb zusammenzuwohnen war für jedes junge Mädchen genug. Delta hatte sechsundzwanzig Jahre ausgehalten, bis sie nicht mehr konnte – obwohl sie es vermutlich noch länger ertragen hätte, wenn Aubrey Davis nicht ihre ganze Familie in Aufruhr versetzt hätte.

Sie nahm sich den Lieferantenordner und kehrte hinter ihren Schreibtisch zurück. Es stimmte schon, auch sie hatte ihre eingefahrenen Gewohnheiten, genau wie die Männer in ihrer Familie. Manchmal fragte sie sich, wie sehr das auf ihren Charakter zurückzuführen war und wie stark darauf, dass sie in die Worth-Familie eingeheiratet hatte.

Ein Klopfen an der Tür hielt sie davon ab, den Ordner aufzuschlagen, nachdem sie ihn auf den Schreibtisch gelegt hatte. „Herein."

Ah, Eddie, der letzte Mensch, den sie sehen wollte. Er warf sein Geschirrhandtuch über die Schulter, verschränkte die Arme vor der Brust und lehnte sich an den Türrahmen. Der Lärm aus dem Restaurant drang bis in das kleine Büro, doch Eddie zu bitten, die Tür zu schließen, würde bedeuten, dass er sich bewegen musste.

Und es stimmte nicht, dass er der letzte Mensch war, den sie sehen wollte.

Der Anblick seiner hellblauen Augen, seiner zu langen schwarzen Haare und der sexy Bartstoppeln löste ein Kribbeln in ihr aus, das fast so stark war wie damals, als er sie auf der Rennstrecke angesprochen und Eis von ihrem Daumen geleckt hatte.

Delta verachtete sich dafür, dass sie noch immer etwas für ihn empfand.

„Warum bist du hier?“, wollte er wissen. „Es ist Sonntag, dein freier Tag.“

Er musste sie nicht daran erinnern, dass sie kein Privatleben mehr hatte, seit sie ihn verlassen hatte. „Ich wollte bis morgen noch ein paar Sachen erledigen.“

„Was ist denn morgen?“

„Morgen ist Montag“, antwortete sie leicht ironisch. „Montage sind immer der Wahnsinn, das weißt du.“

„Ja“, sagte er, stieß sich vom Türrahmen ab und schloss die Tür hinter sich. Der Lärm von draußen verstummte, das Büro wurde zu einem Kokon. „Ich weiß auch, dass du in letzter Zeit zu viele Wochenenden hier verbringst. Was ist los?"

Er nahm sich die einzige zusätzliche Sitzgelegenheit, einen Wartezimmerstuhl aus Plastik, und setzte sich rittlings darauf.

„Habe ich richtig gehört? Du stellst eine Angestellte zur Rede, weil sie Überstunden macht?", meinte sie spöttisch.

„Du bist keine Angestellte", konterte er. „Du gehörst zur Familie."

Sie war nur dem Namen nach eine Worth, eine, die ausgezogen war und ihren Mann verlassen hatte, weil sie sein Schweigen – und seinen Zorn – nicht mehr ertragen konnte.

„Möchtest du etwas Bestimmtes, Eddie?"

„Ehrlich gesagt, ja. Es geht um Cardin. Sie ist hinten beim Müllcontainer."

„Und?"

„Mit Whip Davis."

Aha, allmählich wurde Delta klar, warum Eddie hier war. Er wollte auf keinen Fall, dass ihre Tochter mit einem Davis zusammenkam. Delta war auch nicht gerade begeistert von der Neuigkeit, denn sie wünschte sich ein besseres Leben für Cardin, als ständig mit Trey unterwegs zu sein.

„Wenn du dir Sorgen machst, warum bist du dann nicht da unten und spielst die Anstandsdame?"

„Weil Cardin fünfundzwanzig ist und Whip siebenundzwanzig und ich mich noch genau daran erinnere, wie ich in dem Alter war."

Er meinte wohl eher, dass er sich noch sehr genau daran erinnerte, wie er mit siebzehn war, als er noch zur Highschool ging, bevor er mit achtzehn Ehemann und Vater wurde. „Machst du dir mehr Sorgen darum, weil sie ungestört sind oder weil es für dich peinlich sein könnte, deine Tochter in flagranti zu erwischen?"

„Beim Müllcontainer, am helllichten Tag?" Eddie winkte ab. „Ich hoffe doch, dass wir ihr mehr Vernunft beigebracht haben."

„Es spielt doch gar keine Rolle, was wir ihr beigebracht haben. Wenn Kinder auf ihre Eltern hören würden, gäbe es Cardin nicht. Oder erinnerst du dich vielleicht doch nicht mehr ganz so gut daran, wie du in jungen Jahren warst?"

„Keine Sorge", erwiderte er mit funkelnden Augen, „ich habe das Gedächtnis eines Elefanten."

Nicht nur er, und das war der Grund dafür, dass diese Unterhaltung nun zu Ende war.

Delta schaute auf den Ordner, den sie vollkommen zerknickt und mit dem sie einen weiteren Nagel ruiniert hatte. Sie versuchte fieberhaft einen Gedanken zu finden, der nichts mit Eddies Händen und seinem

Mund überall auf ihrem Körper zu tun hatte.

Leider hatte sie kein Glück, weshalb sie erleichtert war, als Cardin ins Büro trat.

„Mom, ich muss meine Arbeitszeiten ändern …“ Sie verstummte, als sie ihren Vater entdeckte. „Dad, was machst du denn hier?“

„Die Gesellschaft, mit der du dich umgibst, macht ihm Sorgen“, antwortete Delta, bevor Eddie etwas sagen konnte.

Cardin warf ihrem Vater einen finsteren Blick zu. „Wen meinst du damit? Etwa Trey? Soll das ein Witz sein? Warum solltest du dir Sorgen machen, wenn ich mich mit Trey unterhalte?“

„Ich mache mir Sorgen, dass ihr euch nicht nur unterhaltet“, gestand er.

Cardin verdrehte die Augen. „Kommt jetzt noch mehr von diesem Mist über gebrochene Herzen?“

Delta horchte auf. „Welcher Mist über gebrochene Herzen?“

„Ach, er hat mir vorhin erklärt, dass er nicht will, dass Trey mir das Herz bricht“, wandte Cardin sich an ihre Mutter. „Ich habe ihm gesagt, dass das nicht passieren wird.“

Oh, man müsste noch einmal jung und naiv sein, dachte Delta, wählte ihre Worte aber mit Bedacht. „Damit er dir das Herz brechen kann, müsste etwas zwischen euch sein."

Darauf antwortete Cardin zwar nicht, errötete aber verräterisch.

„Ist da etwas zwischen euch?", hakte Delta erbarmungslos nach.

„Ich will nicht über Trey sprechen", sagte Cardin, „sondern über meine Arbeitszeiten."

„Was ist damit?"

„Ich möchte in den nächsten Monaten nur die halbe Stundenzahl arbeiten."

„Du meinst, bis Trey wieder fort ist", bemerkte Eddie und stand auf.

Cardin warf ihm einen vernichtenden Blick zu. „Allerdings, solange Trey hier ist, von dem ich mir nicht das Herz brechen lassen werde. Zufrieden?"

Eddie verzichtete auf eine weitere Auseinandersetzung und verließ einfach das Büro, wobei er die Tür hinter sich zuknallte, die gleich wieder aufsprang.

„Offenbar nicht", beantwortete Cardin sich ihre Frage selbst.

Delta fühlte sich wieder einmal wie auf einem Kriegsschauplatz mit zu vielen Schlachten, bei denen sie sich nicht entscheiden konnte, auf welcher Seite sie sein sollte.

Sie nahm einen Ordner mit den Arbeitszeiten aus der Schublade. „Wenn du nur noch Vierstundenschichten arbeiten willst, musst du den Abendbetrieb zusammen mit Megan, Holly und Taylor übernehmen. Sandy werde ich mittags und abends einsetzen."

Cardin verzog das Gesicht. „Darüber wird sie nicht begeistert sein."

„Und du wirst ihr die schlechte Nachricht überbringen müssen."

„Macht nichts." Cardin tat, als sei das nicht weiter schlimm. „Irgendwann wird sie auch mal mein Entgegenkommen brauchen."

„Hoffentlich vergisst du dies bis dahin nicht." Delta trug die Änderungen ein, klappte den Ordner zu und legte ihn zurück in die Schublade.

„Bist du wütend auf mich?"

„Warum sollte ich?", fragte Delta zurück. „Arbeitszeiten ändern sich häufig."

„Ich meine nicht die Arbeitszeiten." Cardin setzte sich auf den Stuhl, den Eddie geräumt hatte. „Ich meinte den Grund für die Änderungen."

„Du willst wissen, ob ich wütend bin, weil du ein Auge auf Trey geworfen hast?"

„Ich habe nicht gesagt, dass ich ein Auge auf ihn geworfen habe …"

Delta hob die Hand. „Trey ist ein guter Kerl, einer der besten, die mit dir zusammen aufgewachsen sind.

Ihm oder Tater würden alle Eltern ihre Tochter gern anvertrauen."

„Trotzdem bist du genauso unglücklich wie Dad."

„Das hat aber weniger mit Trey zu tun", sagte Delta.

„Womit dann? Was bedrückt dich?"

Da war so vieles, das sie lieber gar nicht erst anfangen wollte aufzuzählen. „Ich möchte, dass du ein richtiges Zuhause hast und mich eines Tages zur Großmutter machst, falls es in deine Pläne passt."

Cardin legte den Kopf in den Nacken. „Du lieber Himmel, Mom ..."

„Ich bin noch nicht fertig. Ich will nicht mitten in der Nacht einen Anruf bekommen und erfahren, dass du zwischen zwei Rennen irgendwo an der Straße anhalten musstest, um dein Baby zur Welt zu bringen. Du bist die Liebe meines Lebens, und ich will für dich etwas Besseres."

„Du meinst, du willst, dass ich hierbleibe und den Rest meines Lebens in Dahlia verbringe."

„Das habe ich nicht gesagt." Sie würden diese Diskussion verschieben müssen auf einen Zeitpunkt, an dem die Emotionen weniger hochkochten. Delta wollte nicht, dass sie etwas sagte, was sie später nicht mehr zurücknehmen konnte. „Wenn du darüber nachdenkst, wird es dir klar werden. Wie dem auch sei, wir sollten dem Beispiel deines Vaters folgen und uns wieder an die Arbeit machen.“

So ungern Delta es auch zugab, sie war erleichtert, nachdem ihr einziges Kind wieder gegangen war und die Tür hinter sich geschlossen hatte.

4. KAPITEL

Als Cardin die Scheinwerfer von Treys Pick-up am Anfang der langen, von Bäumen gesäumten Einfahrt auf und ab hüpfen sah, beruhigte sie sich ein wenig. Sie konnte es nicht fassen, wie es mit diesem Tag, der beinah perfekt begonnen hatte, so schnell bergab gegangen war.

In letzter Zeit war nicht viel nötig, um einen Familienstreit auszulösen, und das machte sie jedes Mal genauso fertig wie eine Achtstundenschicht – was einer der Gründe dafür war, dass sie heute früher Feierabend gemacht hatte.

Nach dem Gespräch mit ihren Eltern war sie nicht mehr in der Stimmung gewesen, zu arbeiten. Trotzdem war sie geblieben, bis Sandy ihr gesagt hatte, sie solle endlich verschwinden und aufhören, sich wie eine Prinzessin zu benehmen, die vom Pony gefallen war und ihren Froschprinzen zermatscht hatte.

Jetzt saß sie hier auf Treys Veranda und musste sich eingestehen, dass sie sich tatsächlich ein wenig zickig verhalten hatte. Morgen würde sie wieder ganz die Alte sein, doch bis dahin wollte sie sich auf Trey konzentrieren.

Im hellen Mondlicht sah sie, wie er seinen Pick-up

abstellte und ausstieg. Cardin fragte sich, ob er sich wohl freute, dass sie schon da war, und ob er vielleicht auch ein bisschen aufgeregt war. Oder würde er es ihr übel nehmen, dass sie einfach hier eingedrungen war? Sie hatte sich seine beiden Schlafsäcke schon in allen möglichen Kombinationen vorgestellt – übereinandergelegt, an den Reißverschlüssen verbunden, Seite an Seite ausgerollt.

Aber als er auf sie zukam, hatte er überhaupt keinen Schlafsack dabei. Sie beobachtete, wie er sich mit selbstsicheren Schritten näherte. Ihre Gefühle für ihn machten ihr Angst, doch fliehen konnte sie schon aus dem Grund nicht mehr, weil er sich zwischen ihre Beine stellte.

„Du siehst gut aus im Mondlicht", war alles, was er sagte, während er ihr die Haare aus dem Gesicht strich.

Sie hatte sie nach dem Duschen nicht mehr zurückgebunden, zur Abwechslung, wie sie sich einredete. Aber in Wahrheit hatte sie es für Trey getan.

„Ist das dein Spruch, um jemanden abzuschleppen?", fragte sie und spürte, wie ihre Brustwarzen sich aufrichteten.

„Wozu brauche ich einen solchen Spruch, wenn du schon hier bist?"

Er war viel zu selbstbewusst und dreist. Das gefiel ihr zwar, aber so leicht war sie nun auch nicht zu haben. „Du solltest nicht mehr daraus machen, als es ist. Ich bin nur deswegen schon hier, weil du zehn gesagt hast.“

„Es ist erst Viertel vor.“

„Nenn mich überpünktlich.“

„Ich würde dich lieber küssen“, sagte er und fuhr ihr am Nacken durch die Haare.

Bereitwillig öffnete sie die Lippen und ging sofort auf das Spiel seiner Zunge ein. Trey gab einen sehnsüchtigen Laut von sich, und Cardin berührte seine athletische Brust. Dabei erinnerte sie sich daran, wie er sich damals auf der Party, vor so langer Zeit, angefühlt hatte.

Nach einer köstlichen kurzen Weile löste er seine Lippen von ihren, um ihren Hals mit einer Reihe heißer kleiner Küsse zu bedecken und anschließend das Gesicht zwischen ihre Brüste zu schmiegen, ehe er ihr T-Shirt hochschob und ihren Bauch küsste. Glücklich und voller Lust schloss sie die Augen und sank mit ausgebreiteten Armen rückwärts auf die Veranda. Was er mit ihr tat, war pure Magie, deshalb wollte sie auf keinen Fall den Zauber brechen.

Seine Finger, seine Lippen und seine Zunge waren wie Flammen auf ihrer Haut, die ein Feuer der Begierde in ihr entfachten. Sie sehnte sich danach, nackt in seinen Armen zu liegen, um all das, was er mit ihr machte, noch intensiver spüren zu können.

Trey schien genau zu spüren, was in Cardin vorging und was sie wollte. Unglaublich sinnlich liebkoste er mit seinen heißen Lippen ihren Bauchnabel und kitzelte sie dabei mit seiner Zungenspitze. Cardin erschauerte und spreizte die Finger, als wollte sie sich an den harten Holzplanken unter ihr festkrallen.

Inzwischen spielte Trey mit den Knöpfen ihrer Jeans und schob die Hand unter den Bund, bis seine Finger ihren Slip erreichten. Als er den ersten Knopf öffnete, schlug sie die Augen auf. Beim zweiten Knopf spürte sie die Nachtluft tief auf ihrem Bauch. Als er beim dritten Knopf angelangt war, riss sie sich zusammen und setzte sich auf.

„Stopp."

Verwirrt sah er sie an. „Gut."

„Was machen wir hier, Trey?"

„Wir beenden das, was wir angefangen haben", antwortete er, während er aufstand.

Sie winkelte die Beine im Schneidersitz an. Die obersten beiden Knöpfe ihrer Jeans blieben offen, und es kam ihr so vor, als könnte sie noch immer seine Berührung dort spüren, wo der Stoff sich auseinanderschob. „Vielleicht sollten wir erst einmal über meinen Antrag sprechen."

„Du willst reden?“

Das Mondlicht reichte aus, um seinen spöttischen Gesichtsausdruck erkennen zu können. „Ich meinte kein müßiges Geplauder. Aber wir waren uns einig, dass ich dir heute Abend alles erkläre.“

Einige Sekunden lang sagte er gar nichts, sondern betrachtete sie nur schweigend, während seine Atmung sich wieder beruhigte und er auch ihr damit die Gelegenheit gab, ihre Gefühle unter Kontrolle zu bringen.

Endlich bewegte er sich und rieb sich mit beiden Händen das Gesicht. „Ich hole nur rasch meine Sachen. Es sei denn, du hast deine Meinung geändert, was das Übernachten angeht.“

Das hatte sie nicht, aber er musste nicht hier übernachten, wenn er sich den Erinnerungen, die er mit seinem Zuhause verband, in dieser Nacht nicht stellen wollte. „Wenn du nicht bleiben möchtest, kannst du ein Gästezimmer bei uns bekommen. Wir könnten dort schlafen und morgen wieder hierher fahren.“

Er lachte kurz auf, es klang bitter. „Klar, es gefällt Eddie bestimmt gut, den Sohn des Mannes, der ihn beinah umgebracht hätte, unter seinem Dach zu beherbergen.“

Die Unterhaltung über ihre Väter wollte Cardin jedoch erst führen, wenn eine Menge anderer Dinge geklärt war. Sie stand auf und klopfte sich den Hosenboden ab. „Ich hole meinen Rucksack."

„Das erledige ich", verkündete er und ging zu ihrem Wagen.

Sie folgte ihm. „Ich kann ihn selbst holen. Du musst ja deine Sachen auch noch hineinbringen."

„Falls das deine Art ist, mich zu fragen, ob ich beide Schlafsäcke mitgebracht habe ..."

„Ich wollte dir nur meine Hilfe anbieten."

„Wenn du es sagst." Er öffnete die Heckklappe seines Pick-ups und nahm eine Kiste mit Vorräten heraus.

Cardin legte ihm die Hand auf den Arm, damit Trey sie ansah. „Wenn du mich hier nicht haben willst, sag es. Dann verschwinde ich wieder."

„Und dann?" Er wirkte im Dunkeln fast ein wenig bedrohlich. „Suchst du dir dann jemanden anders, der für dich den Verlobten spielt?"

„Nein, ich werde mir etwas anderes einfallen lassen."

„Warum probierst du es nicht mit einem anderen Mann?"

„Weil es mit einem anderen nicht funktionieren würde", sagte sie und ließ ihn los, verblüfft über ihre eigenen Worte. Mit keinem anderen Mann würde es funktionieren, nur mit Trey. Ihre Gefühle für ihn hatten nie nachgelassen, sondern sich lediglich verändert. Inzwischen waren sie stärker als früher und so tief, dass sie Angst hatte, sich ihnen zu stellen.

Er sah sie prüfend an, und sie wich seinem Blick aus. Sie war sich so sicher gewesen, dass es funktionieren und er mitmachen würde, schon allein wegen der Verbindung, die sie zwischen ihnen zu spüren geglaubt hatte. Doch offenbar war er nur daran interessiert, ihr körperlich näher zu kommen.

Wie naiv von ihr. Was hatte sie sich nur gedacht? Dieser Mann war nicht mehr der Junge, für den sie auf der Highschool geschwärmt hatte. Er war jetzt größer, überlebensgroß, ein Mann, der jede Frau haben konnte, die er wollte.

Seufzend wandte sie sich ab und lehnte sich gegen den Wagen. „Ich muss verrückt gewesen sein. Im Ernst. Ich werde jetzt nach Hause fahren, und du wirst ins Haus gehen. Und dann werden wir beide meinen Antrag vergessen."

Sofort ließ er die Kiste stehen, baute sich vor Cardin auf und hob ihr Kinn, damit sie ihm in die Augen sehen konnte, in denen ein verständnisvoller Ausdruck lag. Und es brach ihr fast das Herz, als er lächelnd zu ihr sagte: „Ich werde nie vergessen, dass du mir einen Antrag gemacht hast."

„Das solltest du aber", entgegnete sie und wich vor

seiner Berührung zurück. Sie durfte sich nicht tiefer in diese Fantasie, die nichts mit der Realität zu tun hatte, hineinziehen lassen. „Meine Familie braucht einen Denkzettel, und dazu reicht diese Verlobung nicht. Vertrau mir."

„Nein."

Sie stutzte. „Wie nein?"

„Nein, ich werde dir nicht vertrauen, sondern mir eine eigene Meinung bilden, nachdem du mir deinen Plan erklärt hast."

„Ich habe keinen Plan."

„Doch, den hast du, und dazu gehört meine Rolle als dein Verlobter. Nur weiß ich nicht, was du damit zu erreichen hoffst und warum."

„Ich habe dir doch erzählt …"

„Du hast mir erzählt, dass dein Leben zur Hölle geworden ist nach dem großen Streit. Nun, für mich war das Leben seither auch kein Zuckerschlecken. Also, warum laden wir nicht unsere Sachen aus, gehen ins Haus und erzählen uns gegenseitig alles?"

Sein Leben war kein Zuckerschlecken gewesen? Meinte er das ernst, oder wollte er nur, dass sie sich besser fühlte, weil sie bereit war, zu derart verzweifelten Maßnahmen zu greifen?

Ihr Plan taugte nichts, aber vermutlich konnte es nicht schaden, darüber zu reden. Vielleicht würde ihr dabei eine neue Idee kommen, denn sie hatte den Verdacht, dass das Ganze so enden würde, wie ihr Vater es prophezeit hatte, und Trey Davis ihr das Herz brach.

Als Cardin und er mit ihren Sachen bepackt vor der Haustür standen, wurde Trey klar, dass er es vermieden hatte, sein Elternhaus zu betreten, und zwar seit er den Vertrag unterschrieben hatte. Auch jetzt wollte er es noch nicht betreten, um sich nicht wieder an dem Tod seines Vaters schuldig zu fühlen.

Allerdings würde es ein wenig leichter sein, wenn er nicht allein war.

„Trey? Mir fallen gleich die Arme ab."

„Moment, halte durch." Er drückte die Kisten, mit denen er beladen war, gegen die Wand und kramte in der Hosentasche nach dem Haustürschlüssel. Er hatte nicht probiert, ob die Tür abgeschlossen war, da er annahm, dass Beau Stillwell dafür sorgte.

Beim Öffnen knarrte sie genauso wie in Treys Erinnerung, nur dass ihm diesmal ein abgestandener, muffiger Geruch entgegenströmte – nicht der von Zeitungen, Dieselöl und dreckigen Socken, den Gerüchen seines Vaters, die ihm für immer im Gedächtnis bleiben würden.

Er hielt die Fliegengittertür auf und ließ Cardin

eintreten. „Der Strom müsste eigentlich funktionieren, und die Lampe steht …“

„Autsch.“

„… auf dem Tisch rechts von dir“, beendete er den Satz zu spät. „Tut mir leid.“

Sie ließ ihre Kisten fallen und fand den Lichtschalter. „Macht ja nichts, ich habe zwei Schienbeine.“

„Ich habe vergessen, dass du nie hier warst.“ Er stellte seine Kisten und die beiden Taschen ab.

Cardin schob sich mit dem Handrücken die Haare aus dem Gesicht. „Der Einzige, von dem ich weiß, dass er jemals hier war, ist Tater.“

Nach dem Tod seiner Mutter hatten Trey und sein Vater nur sehr selten Besuch gehabt. Tater war eine Ausnahme gewesen, da Aubrey in ihm so etwas wie einen zweiten Sohn gesehen hatte. „Den muss ich unbedingt anrufen. Ich habe ihn an diesem Wochenende ein paarmal auf der Rennstrecke gesehen, aber keine Zeit für ihn gehabt.“

„Du musst dir die Zeit nehmen. Jedes Jahr vor dem Farron Fuels redet er ständig von dir.“

„Seht ihr euch noch öfter?“

Sie warf ihm einen Blick zu. „Jeder trifft jeden hin und wieder. In letzter Zeit kommt er öfters ins Headlights. Er ist mit Sandy Larabie zusammen.“

„Mit der Kellnerin? Du nimmst mich auf den Arm, oder?“

„Nein. Ist das denn so schwer zu glauben?“

„Nach dem, wie ich sie heute erlebt habe, schon.“

„Ziehst du da nicht voreilige Schlüsse?“, meinte sie.

Er rieb sich den Nacken. „Aber nur, weil es höllisch anstrengende vier Tage waren.“

Er war völlig erledigt. Das Farron Fuels hatte ihn zwischen Donnerstag und Sonntag in Atem gehalten. Zwischen dem Zeittraining und dem Schlussrennen war es eine ununterbrochene Folge von Arbeit an den Motoren, kurzen Nickerchen und Rennanalysen gewesen. Deshalb war er heute Abend so erschöpft, dass es ihm gleichgültig war, ob Tater Rawls mit dieser Kellnerin zusammen war. Er brachte gerade noch genug Energie auf, um Cardins Antrag auf den Grund zu gehen, damit sie beide endlich Schlaf bekamen.

Er fuhr sich durch die Haare und schaute sich im Wohnzimmer um. Seit seinem letzten Besuch hatte sich nicht viel verändert, nur dass der Sessel seines Vaters nun leer war, weil er Aubrey sechs Monate vor seinem Tod gezwungen hatte, sein eigenes Zuhause zu verlassen.

Die Erinnerung daran schnürte ihm die Kehle zu.

Er ging in die Küche und tastete nach dem Lichtschalter. Die nackte Glühbirne an der Decke ging an und gab gleich darauf mit einem brutzelnden Laut den Geist auf.

„Du hast nicht zufällig Glühbirnen mitgebracht, oder?“, fragte Cardin hinter ihm.

„Ich glaube, im Schrank über der Spüle sind noch Ersatzbirnen.“

„Sind die genauso alt wie die, die gerade durchgebrannt ist?“

Das könnte allerdings ein Problem sein, musste Trey im Stillen einräumen. Er ging zu seinen Kisten zurück und wühlte in der obersten nach der Taschenlampe und fand mit ihrer Hilfe die Birnen.

Als das Licht wieder funktionierte, schaute Cardin sich in der kleinen Küche um. „Hier ist es gemütlich.“

„Mein Vater und ich sind uns hier ständig auf die Füße getreten, bis er es aufgab und mir das Kochen überließ.“

„Du kochst?“ Sie setzte sich an den Tisch.

Trey lehnte sich an die Spüle und verschränkte die Arme vor der Brust. „Mach dir bloß keine falschen Hoffnungen. Als ich auszog, war der Herd eine heikle Sache. Auf dem hätte ich es nicht einmal gewagt, ein Ei zu kochen.“

„Ich esse ohnehin nur Rührei.“

„Werden wir uns das Essen liefern lassen müssen?“

„So wählerisch bin ich nun auch nicht, aber ich kann von der Arbeit etwas zum Abendessen mitbringen.“

„Wann arbeitest du?“, wollte Trey wissen.

„Ich habe die Schicht von vier bis acht. Meinst du, in der Zeit schaffst du es ohne meine Hilfe?“

„Ich werde mein Bestes versuchen“, sagte er.

„Ich weiß nicht, wie es dir geht, aber mein Bestes besteht nur noch darin, tief und fest zu schlafen.“

„Dann sollten wir uns einen Schlafplatz suchen.“

Während Cardin im Badezimmer war, sah Trey sich noch einmal gründlicher im Wohnzimmer um. Nach einem Jahr wieder hier zu sein, ein halbes Jahr nach dem Tod seines Vaters, verursachte ihm Schuldgefühle, obwohl er sich oft genug gesagt hatte, dass er den Lauf der Dinge ohnehin nicht hätte aufhalten können. Aber er war nach wie vor davon überzeugt, dass er jetzt nicht der letzte Davis wäre, wenn er da gewesen wäre, um seinen Vater vom Spielen und Trinken abzuhalten.

Sobald das Haus von den Spuren der Vergangenheit gereinigt und zum Verkauf angeboten wäre, würde Trey nichts mehr mit Dahlia, Tennessee, verbinden. Die Jahre, die er hier verbracht hatte, waren nicht schlecht gewesen, nur wollte er nichts behalten, was ihn daran erinnerte. Die besten Erinnerungen waren die, wie er ausgezogen war und sich auf eigene Füße gestellt hatte.

Er hatte sich bei Corley Motors hochgearbeitet, indem er anwendete, was er auf der Highschool und bei seinem Vater gelernt hatte. Seine Arbeitsmoral und Initiative fielen Butch auf, und sein Instinkt brachte ihm schließlich den Posten des Teamchefs ein. Er liebte das Reisen, die Arbeit und freute sich schon darauf, seine Angelegenheiten hier zu regeln und danach sein altes Leben wieder aufzunehmen.

Der einzige Grund, weshalb er sich dazu entschlossen hatte, das Haus selbst verkaufsfertig zu machen, statt jemanden damit zu beauftragen, war der Streit. Sicher, er könnte einfach aus Dahlia verschwinden, aber dann würde er sich immer fragen, was seinen sonst so friedlichen Vater dazu gebracht hatte, die Fäuste gegen einen alten Mann zu erheben, der schon fast achtzig Jahre alt war.

„Fertig“, sagte Cardin hinter ihm und brachte ihn damit in die Gegenwart zurück. Er hatte die ganze Zeit über den Sessel seines Vaters angesehen.

Nun drehte er sich um und fragte ohne Umschweife: „Hast du eine Ahnung, worum es bei dem Streit ging?“

Sie wusste sofort, was er meinte. „Nein, absolut nicht. Ich hätte nie gedacht, dass Jeb jemanden schlagen könnte. Dafür ist er viel zu …“

„Alt?“

„Das auch“, sagte sie und ging zu ihren Sachen. „Aber ich meinte eher, dass er stets rechtschaffen war. Er ist nicht der Typ für eine Auseinandersetzung mit Fäusten.“

„Das war mein Vater auch nicht“, erinnerte Trey sie.

„Ich weiß. Das macht die Sache ja so seltsam.“ Sie nahm die Schlafsäcke aus den übereinandergestapelten Kisten. „Dass Eddie sich einmischte, ist schon eher nachvollziehbar. Er hat die Tugendhaftigkeit seines Vaters nicht geerbt. Aber dafür, dass Jeb und dein Vater aufeinander losgegangen sind, muss es einen schwerwiegenden Grund gegeben haben.“

„Trotzdem hat niemand darüber gesprochen.“ Er schob die Kisten aus dem Weg. „Hat Eddie alles mitbekommen? Weiß er, was passiert ist?“

„Seit er aus dem Krankenhaus entlassen wurde, hat er kein Wort darüber verloren. Ich glaube, sein Schweigen ist zum Teil mit schuld daran, dass meine Mom ihn verlassen hat.“

„Was? Deine Eltern haben sich getrennt?“

„Vor ungefähr vier Monaten.“ Sie warf den ersten

der beiden Schlafsäcke vor sich auf den Boden, um ihn auszurollen. „Delta zog in meine Wohnung, und ich bin wieder bei Eddie und Jeb eingezogen. Ich habe den ganzen ersten Stock für mich, das ist besser, als mich mit meiner Mom über die Benutzung des Badezimmers in meiner Wohnung zu streiten."

Trey war verwirrt. „Warum überhaupt ein Tausch? Warum hat sie sich keine eigene Wohnung genommen?"

„Es ist ein vorläufiges Arrangement, bis sie und mein Dad die Dinge dauerhaft geregelt haben."

„Dann sind sie nicht geschieden."

„Nein, und bisher hat zum Glück keiner die Scheidung eingereicht."

„Du glaubst also, sie finden wieder zusammen?", fragte er.

Sie rollte den zweiten Schlafsack neben dem ersten aus, bevor sie antwortete: „Die Ehe war ihnen sehr wichtig, und ich kenne kein Paar, das besser zusammenpasst. Aber wie aus heiterem Himmel war mein Vater mal aufbrausend, dann wieder trübsinnig. Das hat meine Mutter nicht ausgehalten. Eddies Verhalten entnehme ich, dass die Sache zwischen Jeb und deinem Vater gravierend gewesen sein muss."

„Dann müsstest du der Sache genau wie ich auf den Grund gehen wollen."

Sie schüttelte den Kopf. „Will ich aber nicht. Ich will nur, dass meine Eltern aufwachen, bevor es zu spät für einen Neuanfang ist."

Trey lehnte sich gegen die Haustür und grinste. „Und du meinst, unsere Märchenverlobung könnte das bewirken?"

„Es ist einen Versuch wert. Alles andere habe ich schon ausprobiert. Die Reaktion der beiden, als ich um geänderte Arbeitszeiten bat, war jedenfalls sehr aufschlussreich."

„Wie sah ihre Reaktion denn aus?"

Cardin musste lächeln. „Eddie befürchtet, du könntest mir das Herz brechen. Delta hat Angst, ich müsste deinetwegen in billigen Motels leben und meine Babys zwischen den Rennen am Straßenrand zur Welt bringen."

Was für ein Haufen Blödsinn! „Dann hast du ihnen bereits gesagt, dass wir zusammen sind?"

Sie zögerte, doch selbst in dem schwachen Licht konnte er sehen, dass sie errötete. „Nein, ich habe ihnen nur gesagt, dass niemand mir das Herz brechen wird."

„Da muss ich ja aufpassen, dass ich es dir wirklich nicht breche."

„Das liegt nicht bei dir", konterte sie. „Ich müsste es schon zulassen."

„Und was ist mit meinem Herzen?“

Statt auf sein Necken einzugehen, wurde sie ernst und setzte sich im Schneidersitz auf einen der Schlafsäcke. „Heißt das, du machst es?“

Er ging zu ihr und setzte sich neben sie. „Ich nehme an, du hast dir alles gründlich überlegt, um Antworten auf die Fragen zu haben, die die Leute stellen werden.“

„Zum Beispiel?“

„Zum Beispiel, wie lange wir schon verlobt sind. Ich war schließlich seit dem letzten Rennen nicht mehr in Dahlia, bis auf das eine Mal, als ich meinen Dad aus dem Gefängnis geholt habe. Meinst du etwa, die Leute werden dir eine Fernbeziehung abnehmen?“

„Immerhin kennen wir uns schon unser ganzes Leben …“

„Du meinst, wir könnten behaupten, wir hätten uns all die Jahre, in denen ich fort war, nacheinander verzehrt?“

Ihre Mundwinkel zuckten. „Wir können auch erst nach dem Rennen im vergangenen Jahr angefangen haben, uns nacheinander zu verzehren.“

„Es ist glaubwürdiger, dass es nach Taters Party zwischen uns losging.“

„Für wen ist das glaubwürdiger?“ Sie sah ihm in die Augen. Ihre Halsschlagader pulsierte deutlich.

„Wenn du es niemandem sonst erzählt hast, bist du der Einzige, der weiß, dass ich dort war."

Trey hatte sich stets gefragt, warum sie sich benommen hatte, als sei sie ertappt worden. „Hat Kim niemandem etwas erzählt?"

„Nicht dass ich wüsste."

Das war durchaus möglich, da Kim ganz sicher nicht wollte, dass jeder erfuhr, dass er die Hose noch nicht ganz hochgezogen hatte und seine Aufmerksamkeit schon Cardin galt. Cardin, die noch immer so aussah, als sei sie beinah bei irgendetwas ertappt worden. Er war neugierig, und ihm fiel nur eines ein. „Du hast dich also nicht nach mir verzehrt?"

„Du dich denn nach mir?"

„Ich habe dir neulich schon gesagt, dass du mir gefehlt hast", bekannte er.

„Das ist wohl nicht dasselbe."

Offensichtlich wollte sie jetzt nicht mehr über dieses Thema sprechen. „Kann sein, aber für eine gespielte Verlobung reicht es allemal."

Sie schien erleichtert zu sein, dass er sie nicht weiter drängte. „Also behaupten wir, dass wir letztes Jahr zusammengekommen sind und seitdem eine Fernbeziehung führen?"

„Ja", stimmte er zu, „aber ein paar Details müssen wir noch klären. Zum Beispiel, warum wir es geheim gehalten haben. Nachdem wir das nun beschlossen haben …“, er ergriff ihre Hand und streichelte mit dem Daumen ihre Finger, „verrate mir, warum du glaubst, dass ein Schock deine Familie wieder zusammenbringt.“

Cardin schaute auf ihre Hand in Treys. „Ich weiß nicht, ob ich es dir so erklären kann, dass es für dich einen Sinn ergibt. Für mich ergibt es einen, aber schließlich ist es meine Familie, und ich weiß, wie sie ticken.“

Abgesehen davon war es ihr unmöglich, ihre Gedanken zusammenhängend auszudrücken, während sie mit diesem Mann hier im Halbdunkel saß. Dafür war Trey einfach zu sexy, und sein sinnlicher Blick, das Glühen in seinen Augen, sobald er sie ansah, machte sie ganz benommen.

„Ich meine, ich könnte es versuchen …“

„Dann tu das“, forderte er sie auf und lächelte, bis sie glaubte, den Anblick seiner Grübchen nicht länger aushalten zu können. „Du hast gesagt, dein Vater hat Angst, ich könnte dir dein Herz brechen, und dass deine Mutter befürchtet, unsere Babys könnten am Straßenrand geboren werden.“

„Verrückt, was? Aber du hättest mal sehen sollen, wie sie gleich zusammenhielten, nur weil ich meine

Arbeitszeiten ändern wollte."

„Unsere Verlobung wird demnach dazu führen, dass sie sich wieder zusammentun. Und du hoffst, dass sie auch zusammenbleiben, weil ihnen dabei wieder klar wird, wie gut sie zusammenpassen."

„Genau."

„Was ist mit deinem Großvater? Wie wird er zu unserer Beziehung stehen?"

Cardin betrachtete den Reißverschluss ihres Schlafsacks. „Jeb ist ein solcher Fan von Corley Motors, dass er sich gar nicht mehr einkriegen wird, wenn er erfährt, dass ich mit jemandem aus dem Team zusammen bin." Sie nahm ihre Hand aus seiner und zog am Reißverschluss des Schlafsacks. „Hätte er damals im Koreakrieg keinen Schrapnellsplitter abbekommen, hätte er wahrscheinlich das gemacht, was du machst. Aber er kann nicht lange stehen. Trotzdem bastelt er in der Garage hinter dem Haus gern mal ein Stündchen an seinem Nova."

„Er hat mich gefragt, ob ich den Wagen für ihn beim Moonshine-Rennen fahre, weil dein Vater es nicht kann."

Sie sah auf. „Machst du es?"

„Ich werde alles tun, um meinen zukünftigen Schwiegergroßvater glücklich zu machen", erwiderte er mit einem Augenzwinkern, das ihr durch und durch ging.

„Jeb wird unsere Trennung schwerer treffen als sonst irgendjemanden. Meine Eltern werden erleichtert sein, aber Jeb wird enttäuscht sein."

„Deinetwegen oder seinetwegen?"

„Natürlich seinetwegen", sagte sie lachend. „Trotzdem möchte ich ihn nicht leiden sehen."

„Hast du dir über diese Trennung schon Gedanken gemacht?"

Sie zuckte die Schultern. „Ich habe mir überlegt, dass du einfach wieder zu deinem Team zurückkehrst und ich hierbleibe, weil es der Ort ist, an den ich gehöre."

„Du bleibst mit gebrochenem Herzen in Dahlia zurück. Damit erfüllt sich die Prophezeiung."

Das war ihr egal. „Ich will ja nur, dass sie miteinander reden, damit sie sich entweder versöhnen oder für immer trennen. Wenn das passiert, kann ich gut mit ihrem Ich-hab's-dir-doch-gesagt leben."

Er schien darüber nachzudenken. „Wirst du ihnen hinterher die Wahrheit sagen?"

„Was? Dass wir ihnen die Verlobung nur vorgespielt haben?" Als er nickte, sagte sie: „Ich glaube, das werde ich spontan entscheiden."

„Und falls ich hier fertig bin, bevor wir mit der Verlobung etwas erreicht haben?"

Angesichts der Reaktion ihrer Eltern auf Cardins Wunsch nach geänderten Arbeitszeiten hoffte sie auf eine schnelle Entwicklung. Dennoch … „Wie lange willst du denn bleiben?"

„Solange es nötig ist, aber nicht länger."

„Dann müssen wir eben dafür sorgen, dass wir überzeugend sind", sagte sie, ehe sie sich eines Besseren besinnen konnte.

„Möchtest du mir das vielleicht näher erklären? Denn ich könnte glatt annehmen … Moment mal – bist du am ersten Tag des Rennwochenendes deshalb zu mir in den Trailer gekommen, um mich als möglichen Verlobungskandidaten zu testen?"

Sie schluckte ihre Nervosität herunter. „Ja und nein."

„Was soll das nun wieder heißen?" Er stand auf und fing an, im Zimmer auf und ab zu laufen.

„Es ging eher darum, ob *ich* geeignet bin."

„Wie bitte?"

„Deswegen habe ich auch davon angefangen, was damals auf Taters Party passiert ist. Ich wollte herausfinden, ob du dich an mich erinnerst."

„Hast du geglaubt, das hätte ich vergessen?"

„Ich weiß nicht. Wir haben nie darüber gesprochen, und in jenem Sommer bist du aus Dahlia weggegangen."

Seine Frustration sprach aus jeder seiner Bewegungen. „Du lieber Himmel, Cardin. Du warst dort …“

„Und ich war betrunken“, erinnerte sie ihn.

„Trotzdem musst du gewusst haben, dass ich dich wollte und Kim nur Mittel zum Zweck war.“ Er blieb stehen. „Ich bin nicht besonders stolz darauf, wie dieser Abend verlaufen ist, aber sieben Jahre sind eine lange Zeit. Ich bin seitdem ein wenig reifer geworden.“

„Diesen Eindruck hatte ich auch.“ Sie wagte kaum zu atmen und hatte große Mühe, die Worte zu finden, die sie sagen musste. „Besonders nach dem, was vor ein paar Tagen passiert ist.“

Er ging vor ihr in die Hocke und beschwor sie: „Sag mir, was genau du meinst. Lass mich nicht länger im Unklaren.“

„Ich hatte den Eindruck, dass nicht nur ich erregt war, sondern dass dieses Verlangen auf Gegenseitigkeit beruht.“ Sich diese Dinge selbst einzugestehen war leicht gewesen, aber sie jetzt vor Trey auszusprechen, war viel schwieriger. Der Ausdruck in seinen Augen beschleunigte ihren Puls.

Und als er sich ihr näherte, glaubte sie, sterben zu müssen.

5. KAPITEL

Trey begehrte Cardin, und ihre Verunsicherung, hinter der sich deutlich ihr Verlangen verbarg, machte sie noch anziehender für ihn. Er setzte sich auf die Hacken, die Hände auf den Oberschenkeln, unfähig zu sprechen oder sich zu bewegen. Für diese Benommenheit war nur sie verantwortlich.

Zum Glück hatte sie Erbarmen und lächelte, bevor sie ihn hinunter auf den Schlafsack zog. Die Kleidung stellte eine unwillkommene letzte Barriere zwischen ihnen dar.

Trey wollte sie nackt, und zwar sofort. Andererseits wollte er es genießen, sie langsam auszuziehen und ihren Körper dabei ausführlich zu erkunden. Schließlich waren es sieben lange Jahre gewesen …

Cardin hatte vorhin die Lampe in der Küche ausgeschaltet, sodass nur noch die kleine Tischlampe auf der anderen Seite des Zimmers einen schwachen goldenen Lichtschein verbreitete. Dennoch konnte er alles, was er wissen musste, in Cardins Augen lesen.

Dies war kein Scherz. Sie spielte nicht mit ihm, sondern tat genau das, was sie tun wollte.

„Ich habe mich gefragt, wann dies endlich passieren würde“, gestand er ihr.

„Ich habe nicht geglaubt, dass es je geschehen

würde“, erwiderte sie.

Behutsam drängte er seinen Oberschenkel zwischen ihre Beine und strich ihr die Haare zur Seite, um ihren Hals zu küssen. Cardin seufzte. „Du fühlst dich wundervoll an“, flüsterte er und hatte bereits Mühe, es langsam angehen zu lassen, da er sie viel zu sehr begehrte. Er konnte nur hoffen, dass sie ebenfalls dieses verzweifelte Verlangen empfand und daher Verständnis haben würde. Er küsste sie und konnte es kaum erwarten, endlich eins mit ihr zu sein.

Er musste sie berühren, und er wollte, dass sie ihn berührte. Sie hatten schon viel zu lange mit dieser unausgesprochenen Sache zwischen ihnen gelebt, dieser körperlichen Anziehung. Sie würden sie ausleben und dann herausfinden müssen, wie es weiterging.

Langsam bewegte Cardin nun ihre Hände zu seinen Schultern, drückte die Finger in seine Muskeln und zog ihn näher zu sich heran. Wie lange hatte Trey sich danach gesehnt, und wie wunderbar war es jetzt, ihre Leidenschaft und ihre Bereitschaft so hautnah zu spüren. Heiß, leidenschaftlich und drängend presste er seine Brust und seine Hüften an sie und ging auf das erotische Necken ihrer Zunge ein. Sie küssten sich, als hätten sie sich tatsächlich all die Jahre vor Sehnsucht verzehrt. Dabei war diese Beziehung eine Farce, es gab keine echte Chance. Hier und jetzt stillten sie lediglich ihre Lust, die sie nicht länger im Zaum halten konnten.

Nein, das stimmte nicht. Es ging um mehr als sexuelles Verlangen. Diese Begegnung war eine Sache des Herzens.

Trey stützte sich auf den Ellbogen und betrachtete Cardin, deren Gesicht ein wenig gerötet war. Ihre Augen glänzten vor Erregung, ihre Lippen waren feucht und geschwollen von den stürmischen Küssen. Sie sah wunderbar aus, und bei dem Gedanken daran, dass er mit ihr schlafen würde, zog sich alles in ihm zusammen.

„Hör mal, Cardin", begann er und strich ihr die Haare aus dem Gesicht.

Doch sie hielt sein Handgelenk fest. „Nicht reden. Nicht jetzt."

Auch er wollte lieber nicht reden, aber ... „Ich muss es wissen. Um mir sicher zu sein."

Ihre Hand glitt von seinem Handgelenk zu seinen Fingern und führte sie hinunter zu ihrer Brust. „Bitte sprich nicht, Trey. Ich will mir jetzt über nichts Gedanken machen, sondern nur noch fühlen."

Diesmal führte sie seine Finger unter ihr T-Shirt. Der Stoff ihres BHs war hauchzart. Trey umschloss eine ihrer Brüste und rieb die Brustwarze zwischen Daumen und Zeigefinger, bis sie aufgerichtet war.

Cardin stöhnte, und er beugte sich hinunter, um durch den BH hindurch daran zu saugen. Sie bog sich ihm entgegen, als könnte sie es nicht abwarten, was gleich zwischen ihnen passieren würde. In diesem Moment schien jedes Kleidungsstück zu viel zu sein. Also setzte Trey sich auf, zog sein T-Shirt aus und half Cardin, das ihre auszuziehen. Dann hakte er ihren BH auf und legte ihn behutsam zur Seite. Der Anblick ihrer nackten Brüste erregte ihn so sehr, dass sein Herz wie damals vor sieben Jahren pochte, als er merkte, dass sie ihn beobachtete.

Die Erinnerung verstärkte seine Erregung, und er rollte sich auf Cardin, um ihre Brüste sanft zusammenzupressen und abwechselnd beide Brustwarzen mit der Zunge und den Lippen zu liebkosen.

Doch Cardin ließ ihn nicht lange gewähren, sondern schob ihn von sich herunter, nur um sich im nächsten Augenblick rittlings auf ihn zu setzen, so besitzergreifend, als wollte sie ihn nie mehr gehen lassen. Dagegen hatte er nicht das Geringste einzuwenden.

„Ich bin an der Reihe", verkündete sie lächelnd und ließ ihm keine Zeit mehr, sich zu wappnen, bevor sie anfing, seine Brustwarzen mit der Zunge zu umspielen und höchst erotisch zu necken. In atemloser Spannung wartete Trey auf das, was Cardin mit ihm vorhatte. Besonders als sie sich weiter abwärts bewegte und ihre Brustspitzen dabei seine Bauchmuskeln streiften. Er schaute nach unten, doch ihr Kopf versperrte ihm die Sicht. Eigentlich hätte er die Augen schließen können, doch in diesem Moment war sie angekommen, und er wollte sehen, wie sie seinen Reißverschluss öffnete.

Durch den Stoff seines Slips hindurch küsste sie sein aufgerichtetes Glied und fuhr mit der Zunge den elastischen Bund entlang. Trey stützte sich auf die Ellbogen und hob das Becken, damit sie ihm Jeans und Slip leichter ausziehen konnte.

Diesmal stand er nicht in einem dunklen Schlafzimmer und wünschte sich, sie wäre bei ihm. Diesmal war sein Wunsch Realität geworden. Und nie zuvor hatte sich etwas so richtig angefühlt. Dann berührte sie ihn erneut mit ihrer kleinen Zunge: warm, feucht, verlockend.

Einige Sekunden lang sah sie ihm dabei in die Augen, bis sie ihre Lider schließlich herabsenkte. Trey dagegen ließ die Augen offen, da er den Blick nicht abwenden konnte von dem, was da geschah. Ein Traum war Wirklichkeit geworden. Und diese Wirklichkeit war tausendmal schöner, als er je zu hoffen gewagt hatte. Cardins schwarzes Haar fiel von ihren Schultern und kitzelte seine Schenkel. Dadurch konnte er ihre Brüste zwar nicht mehr sehen, doch er spürte die Brustwarzen, wenn sie seine Oberschenkel streiften.

Am liebsten hätte er sich vollkommen gehen lassen und wäre sofort gekommen, hätte die Fantasie ausgelebt, die ihn schon so lange verfolgte. Das ging ihm alles viel zu schnell, und wenn Cardin so weitermachte, würde er fertig sein, bevor sie überhaupt richtig angefangen hatten.

Zum Glück richtete sie sich nach einer Weile auf die Knie auf. Während er ein Kondom aus seiner Brieftasche nahm und es sich überstreifte, zog Cardin sich ebenfalls vollständig aus.

Trey lag auf dem Rücken und beobachtete, wie das Licht auf der Haut jener Frau spielte, die er so endlos lange schon begehrte. Wenn dies ein Traum war, wollte er nie mehr daraus erwachen. Wenn es nur eine Fantasie war, sollte sie nie enden. Aber es war weder das eine noch das andere, denn sie kletterte erneut auf ihn, wobei sein aufgerichtetes Glied ihren flachen Bauch streifte. Diese zarte Berührung entrang ihm ein tiefes Stöhnen, er konnte sein ungeheures Verlangen kaum noch aushalten.

Mit beiden Händen umfasste er ihren Kopf und zog ihn zu sich, um seine Lippen auf ihren Mund zu pressen, während sie ihn gleichzeitig tief in sich aufnahm. Bebend fuhr er ihr mit den Fingern durch die Haare, und gleichzeitig bewegte sie sich in einem sinnlichen, beinahe wilden Rhythmus auf ihm.

Liebe machen würden sie später, und dann würden sie sich auch die Zeit nehmen, einander gründlich zu erforschen, stundenlang, um zu erfahren, was den anderen besonders erregte. Und sie würden miteinander reden. Doch jetzt gab es nur das, was sie in diesem Moment taten, nichts anderes war wichtig als entfesselter, zügelloser Sex.

Cardin unterbrach den Kuss, um den Kopf in den Nacken zu legen und den Rücken durchzubiegen. Wie unglaublich erotisch dieser Anblick war, als Cardin ihm lustvoll ihre Brüste entgegenreckte – Trey massierte sie sogleich und saugte zwischendurch an den Brustwarzen, bis sie vor Lust aufschrie.

Als sei dies eine Aufforderung gewesen, schob Trey daraufhin ein Bein zwischen ihre Schenkel und warf Cardin herum, ohne die Verbindung ihrer Körper zu unterbrechen. Cardins Haut glänzte schweißnass, ihre Pupillen waren geweitet. Ihr Anblick steigerte seine Begierde ins Unerträgliche. Mit zusammengebissenen Zähnen, die Fäuste links und rechts von ihrem Kopf auf den Schlafsack gestützt, bewegte er sich immer schneller. Um ihn anzutreiben, drückte Cardin ihre Fersen in seine Oberschenkel, damit er auf keinen Fall nachließ. Beide atmeten schwer, ihre Muskeln waren angespannt, die Haut schweißnass, während sie versuchten, das lustvolle Vergnügen so lange wie möglich hinauszuzögern.

Doch der Höhepunkt kam rasch wie eine wütende, alles verzehrende Flutwelle, und sie klammerten sich wie Ertrinkende aneinander, bis sie allmählich wieder zu Atem kamen.

Langsam senkte sich Trey aufs Bett und schmiegte sich an Cardin. Er war befriedigt und glücklich. Trotzdem – was ihn betraf, so hatte die Nacht gerade erst begonnen.

Cardin wachte früh auf und war allein. Um sie herum herrschte wundervolle Stille, die sie umso mehr genoss, als es in ihrem Leben in letzter Zeit nur sehr wenige wundervolle Dinge gegeben hatte, von friedvoller Stille ganz zu schweigen.

Seit Delta ausgezogen und Cardin wieder bei Jeb und Eddie eingezogen war, hatte sie das Obergeschoss ihres Elternhauses zwar für sich, konnte dafür aber ständig Eddie in der Küche mit Töpfen und Pfannen hantieren hören oder Jeb in der Garage hämmern. Eddie fand sämtliche Antworten auf die Fragen des Lebens beim Kochen, und Jeb …

Wenn es nach Jeb ginge, würde er auf der Rennstrecke arbeiten oder mit irgendeinem Team unterwegs sein – obwohl er immer schon eine Schwäche für Corley Motors hegte und für den Mann, mit dem Cardin die Nacht verbracht hatte. Was bedeutete, dass außerordentliche Fähigkeiten nötig sein würden, um die Wahrheit über ihre Beziehung zu Trey vor ihrem Großvater geheim zu halten.

Apropos Trey …

Sie sollte wohl besser aufstehen und nachschauen, wo er steckte, um zu erfahren, mit welchen Aufgaben er sie betrauen wollte. Und wie er über sie dachte, nach dem, was sie letzte Nacht getan hatten. Ob die Spannung zwischen ihnen jetzt verschwunden war. Doch würde sie nichts von alldem tun, ehe sie nicht ihre Dosis Koffein bekommen hatte.

Sie zog Jeans und T-Shirt an und legte einen kurzen Stopp im Bad ein, um sich zu waschen und die Zähne zu putzen. In der Küche fand sie Treys Kaffeemaschine, einen Karton mit Wasserflaschen und eine noch versiegelte Dose Kaffee.

Während der Kaffee durchlief, suchte sie Zucker, Kaffeeweißer und zwei Becher zusammen und trug alles hinaus zu der Scheune. Sie wusste nicht, wie früh Trey sich an die Arbeit gemacht hatte. Er hatte ihr erklärt, es würde allein Wochen dauern, das Durcheinander aus Werkzeugen, Autoteilen und angehäuftem Schrott in den Nebengebäuden auszusortieren. Erst danach würde er sich dem ebenso mit Krempel vollgestopften Haus widmen, und ganz zum Schluss erst käme das Grundstück an die Reihe, das gepflegt werden musste, damit dort zur Abwechslung einmal etwas anderes als Unkraut wuchs.

Die Morgenluft war angenehm kühl. Cardins Atem dampfte zwar nicht, aber fast. Die Sonne ging gerade erst auf und sandte ihre Strahlen durch die Wipfel der Bäume. Cardin atmete tief die frischen Frühlingsdüfte ein … und blieb unvermittelt stehen, da Trey aus der Scheune trat.

Er trug eine Jeans, Arbeitsschuhe und ein Baumwollhemd, dessen Ärmel hochgekrempelt waren. Er trug es offen und über der Hose, und dieser Anblick erregte sie, obwohl kaum etwas zu sehen war.

Trey blickte skeptisch auf das verrostete Stück Metall in seiner Hand, dann hielt er es hoch, als müsste er es im Licht betrachten. „Ist der für mich?", fragte er, auf einen der beiden Becher deutend. Ihre Finger berührten sich, als Cardin ihm den Becher gab. „Ich hoffe, du konntest auf dem harten Fußboden einigermaßen schlafen."

„Ich habe geschlafen wie ein Baby, fest in meinen Schlafsack eingewickelt."

„In meinen Schlafsack, meinst du."

„Ja, danke. Damit kann man es auf dem Fußboden

aushalten." Und mit der Wärme deines Körpers, fügte sie im Stillen hinzu und wechselte rasch das Thema. „Du musst mitten in der Nacht schon in der Stadt gewesen sein. Ich habe das Brot und die Eier gesehen. Möchtest du, dass ich das Frühstück zubereite? Mit der Kochplatte werde ich schon zurechtkommen."

„Ich habe dich nicht mit hierhergenommen, damit du mich bedienst."

„Du hast mich überhaupt nicht mit hierhergenommen", konterte sie. „Ich bin freiwillig mitgekommen."

„Ja, aber um mir zu helfen, nicht um mich zu bedienen."

„Es geht nur ums Frühstück, Trey." In der vergangenen Nacht war es allerdings um viel mehr gegangen, und die Art, wie er sie jetzt ansah, weckte in ihr erneut das Verlangen nach mehr. Warum hatte sie nur so lange gewartet? „Ich kann besser arbeiten, wenn ich etwas im Magen habe, und ich dachte, es ginge dir genauso."

„Stimmt, aber ich werde das Frühstück zubereiten." Er hob seinen Becher. „Du hast schon den Kaffee gekocht."

„Aber nur, weil ich ohne Koffein erst recht nicht arbeiten kann."

„Wenn ich das gewusst hätte, hätte ich gleich nach

dem Aufstehen eine Kanne voll gekocht."

„Wann bist du denn aufgestanden?" Dem Stand der Sonne nach zu urteilen, konnte es nicht später als sieben sein.

„Gegen vier, glaube ich." Er trank einen Schluck Kaffee.

„Aber es war fast zwei, als wir ..." Sie beendete den Satz nicht, da er wohl genau wusste, wann sie eingeschlafen waren.

„Es gibt viel zu tun." Er ließ den Blick über das Land hinter dem Haus schweifen, auf dem dringend gemäht und gejätet werden musste.

„Kann ich dich mal etwas fragen?"

„Klar."

„Neulich morgens an der Rennstrecke, da hast du etwas über mich in der Schule gesagt." Sie wartete auf eine Reaktion, bemerkte jedoch lediglich ein Zucken seines Wangenmuskels. Das war besser als nichts. „Hast du mich nie angesprochen, weil du nicht interessiert warst? Oder hast du gedacht, ich würde nicht mit dir reden?"

„Warum willst du das wissen?" Er kippte den Kaffeesatz aus.

Cardin beobachtete, wie die Tropfen in der Erde versickerten. „Aus reiner Neugier."

„Das glaube ich nicht."

„Was?“

Diesmal sah er sie mit einem sanften Ausdruck in den Augen an. „Ich glaube, es ist nicht bloß Neugier.“

„Was denn sonst? Du warst zwar älter als ich, aber wir hatten teilweise dieselben Bekannten, auch wenn wir nicht in dieselbe Klasse gingen. Deshalb waren wir auch beide auf Taters Party.“

Er presste die Lippen zusammen. „Das wird mir noch ewig nachhängen, was?“

„Wieso dir? Schließlich habe ich den peinlichen Fehler gemacht und die Tür zum Schlafzimmer geöffnet.“

„War es dir wirklich peinlich?“

Sie errötete. „Ja, und ich fand es gleichzeitig faszinierend.“

„Habe ich den Voyeur in dir geweckt?“

Sie hielt ihren Becher mit beiden Händen und schaute auf den Inhalt, um Treys Blick nicht zu begegnen. „Es hatte weniger mit Sex zu tun. Ich meine, natürlich hatte es das. Ich hatte nur noch nie … zugesehen.“

„Gefiel es dir, zuzusehen?“, fragte er mit rauer Stimme und atmete ein wenig schneller, aufgeregter.

Ihre Kehle war wie zugeschnürt, sie hörte, wie ihr Herz pochte. „Es gefiel mir, dein Gesicht dabei zu betrachten, deine Augen … und die Art, wie du mich angesehen hast, während … es passierte. Wir hatten noch nie miteinander gesprochen, aber ich hatte Sachen über dich gehört. Mädchengerede, du weißt schon. Aber das war alles aus zweiter Hand."

„Und dann hast du mich und meinen Freund persönlich kennengelernt."

Er brachte sie zum Lächeln und nahm ihr mit seiner Bemerkung die Verlegenheit. „Ich mag deinen Freund. Ich verstehe nur nicht, warum du mich ausgerechnet in diesem Moment an die Wand des Schlafzimmers gedrückt hast. Zwischen uns war vorher nie etwas gewesen und nachher auch nicht. Du hast die Stadt verlassen, ich arbeitete bei Headlights. Und jetzt das hier. Wir reden die ganze Zeit und schlafen miteinander. Findest du das nicht seltsam?"

„Nein, ich finde es nicht seltsam. Ich glaube, wir hätten uns damals auf der Schule genauso gut verstanden, wenn wir es miteinander versucht hätten."

„Warum haben wir es nicht versucht?" Aber sie wusste, warum. Allein der Gedanke an ihn hatte sie damals bereits eingeschüchtert, weil er älter, erfahrener und einfach tabu war.

Trey lachte leise. „Ich hatte einem Mädchen wie dir nichts zu bieten."

„Was soll das denn heißen – einem Mädchen wie mir?"

„Eines mit dem Nachnamen Worth."

„Das hört sich ja an, als kämen wir aus verschiedenen Milieus. Dabei gibt es die in Dahlia gar nicht."

„Deine Familie ist alteingesessen ..."

„Ach, ich bitte dich. Wir sind genau wie alle anderen auch", versicherte sie ihm.

„Meine Mutter hat uns ohne ein Wort des Abschieds verlassen, und mein Vater war nur Mechaniker."

„Und mein Vater ist Koch. Also?"

„Ein Koch in einem gastronomischen Familienbetrieb, der seit über vierzig Jahren ein Wahrzeichen der Gegend ist." Er sah die lange gekieste Auffahrt hinunter. „Wenn man jung ist, gerade aus der Highschool kommt und sein Geld an der Tankstelle verdient, indem man Windschutzscheiben reinigt und Ölwechsel vornimmt, während es ständig Worth hier und Worth da heißt ..."

„Du übertreibst."

„Nicht sehr. Du musst doch selbst wissen, wie angesehen deine Familie in Dahlia ist."

„Wie du schon sagst, wir sind eine alteingesessene Familie, aber das ist auch schon alles."

„Für dich vielleicht. Doch für einen Achtzehnjährigen, der jedes Mal eine Gänsehaut bekommt, sobald er dich im Schulflur sieht ... Na ja, ich dachte, ich bin nicht gut genug für dich."

„Du lieber Himmel, Trey. Sag mir, dass du das nicht wirklich geglaubt hast."

„Doch, das habe ich. Ich war jung und unerfahren."

„Und ein Idiot. Ich weiß nicht, ob ich dich schütteln oder anschreien soll", sagte sie.

„Warum küsst du mich stattdessen nicht lieber?" Mit diesen Worten zog er sie an sich.

6. KAPITEL

Erst als Eddie am Montagmorgen die Küche betrat, wurde ihm klar, dass Cardin die Nacht nicht zu Hause verbracht hatte.

Seit sie wieder bei ihnen eingezogen war und Delta ihr Apartment übernommen hatte, kam Cardin jeden Abend vor dem Schlafengehen auf ein Glas Kakao herunter. Und jeden Tag, bevor er zum Headlights fuhr, wusch Eddie ihr Glas ab, auch wenn sie ihre Sachen sehr wohl selbst wegräumen konnte. Was sie auch tat. Nicht nur das, sie räumte auch oft genug hinter ihm und Jeb auf.

Jeb war am schlimmsten, weil er ständig Werkzeug, Drahtstücke und Lüsterklemmen herumliegen ließ. Cardin sammelte die Sachen in einem Korb, den sie neben die Hintertür stellte, damit er ihn morgens mit hinaus in die Werkstatt nehmen konnte.

Und Eddie kickte einfach seine Schuhe fort, wenn sein Bein ihm wieder zu schaffen machte. Cardin beklagte sich nie, wie ihre Mutter es ständig getan hatte, sondern stellte die Schuhe an ihren Platz und sagte ihm, wie froh sie sein konnten, dass sein Unfall nicht ärger gewesen war.

Nein, Cardin war absolut nicht schlampig. Dass sie ihr Glas stehen ließ, war ihre Art, ihm zu zeigen, dass sie sich daran erinnerte, wie sie als Kind nachts in die Küche heruntergekommen war und nach etwas zu trinken gefragt hatte.

Da Eddie schon immer unter Schlaflosigkeit gelitten hatte, verwöhnte er sein einziges Kind, wenn seine Frau und sein Vater schliefen. Es war einer der schönsten Momente des Tages, wenn seine Tochter bei ihm auf dem Schoß saß und ihren Kakao trank, während er laut aus der Zeitung vorlas.

Die Erinnerung an dieses harmlose kleine Geheimnis zwischen ihnen machte es ein bisschen erträglicher, dass sie nur wegen seiner Trennung von ihrer Mutter zurück nach Hause gekommen war. Verdammt, er vermisste seine Frau.

Er hatte sich beherrschen müssen, sie nicht anzurufen, um ihr zu sagen, dass ihre gemeinsame Tochter die Nacht bei Trey verbracht hatte. Delta und er waren sich zwar einig, dass die Beziehung zwischen den beiden keine gute Idee war. Aber Eddie wusste auch, dass sie ihm dringend abraten würde, das zu tun, was er jetzt gerade tat – Frühstück für drei in Pammy Mercers Bäckerei zu besorgen und damit zum Haus der Davis' zu fahren, um seiner Tochter einen guten Morgen zu wünschen.

Er hielt vor Pammy's Petals im gleichen Moment, in dem auch Alex Morgan in ihrem Gran Torino, den sie in ihrer Freizeit restaurierte, auf den Parkplatz fuhr. Alex war die Tochter von George, dem die Werkstatt gehörte, in der es zum Streit zwischen Eddies Vater und Treys Vater gekommen war. George fachsimpelte gern mit Jeb über Autos.

Alex lächelte, als Eddie um die Motorhaube seines Dodge Chargers ging. „Seit dem Unfall habe ich dich nicht mehr auf der Rennstrecke gesehen. Wie geht es dir?"

„Gut, danke der Nachfrage." Im Stillen dankte er ihr auch dafür, dass sie nicht erwähnte, dass seine Verletzung schon ein Jahr her war. Delta hielt ihm das oft genug vor, auch dass er sich in einen Einsiedler verwandelt hatte. Und dann war sie gegangen. „Ich habe ziemlich viel in der Restaurantküche zu tun. Da bleibt wenig Zeit für andere Dinge."

Alex strich das Stirnband glatt, das ihre langen blonden Haare zusammenhielt. „Es geht das Gerücht, Jeb habe Trey Davis gefragt, ob er für ihn das Moonshine-Rennen fahren will."

„Tatsächlich?" Eddie ließ Alex den Vortritt in den Bäckerladen und fragte sich, warum sein Vater ihm gegenüber nichts davon erwähnt hatte. Vielleicht aus demselben Grund, aus dem deine Frau dich verlassen hat, dachte er – weil du in letzter Zeit unerträglich bist. „Jeb ist ein großer Fan von Corley Motors, es wäre also toll für ihn."

Pammy Mercer erschien hinter dem Tresen. „Eddie Worth! Und Alex Morgan! Ich kann es kaum glauben, dass ihr zwei Workaholics gleichzeitig hier auftaucht. Was darf es für euch sein?"

Eddie ließ Alex zuerst bestellen. „Ich brauche drei Dutzend Donuts, gemischt. Bitte genügend mit Cremefüllung für Tater."

Pammy nickte und notierte es sich. „Musst du heute Morgen die Jungs in der Werkstatt versorgen?"

Alex schob die Hände in die Taschen ihres Overalls und verzog das Gesicht. „Ich habe Freitag gewettet, dass Butch Corley nicht an Tony Schumachers Zeit beim Rennen herankommt. Ich habe verloren, deshalb muss ich eine Runde Donuts ausgeben."

Eddie lachte. „Du hast gegen Whip Davis' Tuning-Künste gewettet?"

„Ich weiß, ich weiß."

Pammy wandte sich an Eddie. „Und du, Eddie?"

„Ich nehme sechs Plunderstücke."

„Kommt sofort", verkündete Pammy und verschwand im hinteren Teil der Bäckerei, die ihn immer noch an das Märchenschloss erinnerte, das Cardin sich mit fünf Jahren erbettelt hatte, damit die Prinzessin nicht auf dem Fußboden schlafen musste. Und zwanzig Jahre später schlief sie vermutlich selbst auf dem Fußboden im Haus eines Mannes, der ihr das Herz brechen würde.

Fünfzehn Minuten später erreichte er mit dem Gebäck und dem Kaffee das Haus der Familie Davis und entdeckte Trey und Cardin, die mit Kaffeebechern in den Händen nebeneinander auf der Veranda saßen.

„Ich habe euch Frühstück mitgebracht“, rief Eddie beim Aussteigen.

„Daddy, was machst du denn hier?“ Cardin war völlig perplex und wechselte rasch einen Blick mit Trey.

Eddie pustete auf seinen Kaffee, bevor er einen Schluck trank. „Habe ich doch gesagt. Ich habe Frühstück mitgebracht. Ich dachte mir, dass Whip wegen des Rennens noch nicht dazu gekommen ist, richtig einzukaufen.“

„Ein paar Sachen schon“, erwiderte Trey und füllte den Inhalt des Pappbechers, den Eddie ihm gab, in seinen Porzellanbecher. „Wir hatten zwar schon Kaffee, aber nur ein Dummkopf würde Pammys berühmtes Gebäck verschmähen.“

Eddie hielt Trey die Tüte mit den duftenden Backwaren hin. „Ich bin heute Morgen Alex begegnet. Sie hat mir erzählt, dass Jeb dich gefragt hat, ob du seinen White Lightning im Moonshine-Rennen fährst.“

„Er kam Sonntagabend raus auf die Strecke, als wir zusammenpackten. Er hat mich gefragt, ob ich mal einen Blick auf den Wagen werfen will und Lust hätte, ihn im Rennen zu fahren."

„Ich wusste nicht einmal, dass er in diesem Jahr mitmacht", sagte Cardin zu Eddie. „Ich dachte, er wollte den Wagen verkaufen, da du nicht mehr fahren kannst."

Oh, fahren konnte er schon, solange er sich beim Ein- und Aussteigen Zeit lassen konnte und nach einem Unfall nicht schnell herausmusste. „Er arbeitet seit letztem Jahr an dem Wagen, deshalb wundert es mich nicht, dass er einen Fahrer sucht. Mich erstaunt nur, dass er so lange damit gewartet hat. Das Rennen findet schließlich in wenigen Wochen statt." Eddie trank seinen Kaffee aus und schaute auf den Satz am Boden des Styroporbechers. „Je älter Jeb wird, desto weniger erzählt er mir."

„Apropos", sagte Trey, „ich nehme an, er hat auch nichts davon erzählt, was mit meinem Vater passiert ist, bevor du dazwischengegangen bist, um die Auseinandersetzung zu beenden, oder?"

„Kein Wort", antwortete Eddie und fragte sich, ob er ihm die Wahrheit sagen würde, wenn er sie wüsste. Immerhin hatte Treys Vater sein Leben zerstört, und nun war Trey dabei, diese Familientradition fortzuführen, indem er Cardins Leben ruinierte.

Nur dass es in diesem Fall keineswegs nach einem Unfall aussah. „Es wäre einfach ganz nett zu wissen, dass ich mein Bein nicht nur für zwei Kampfhähne geopfert habe. Aber mein Dad hat nie ein Wort darüber verloren, und dein Vater …"

„Ist tot", sagte Trey.

„Tja, und meiner kann manchmal ein echter Trottel sein", fügte Cardin hinzu und warf Eddie einen finsteren Blick zu.

„Na, ich lasse euch zwei mal weiterarbeiten und kümmere mich um meinen Job", sagte Eddie und legte die Tüte mit dem Gebäck auf die Motorhaube des Pick-ups, den Cardin sich von Jeb geliehen hatte.

„Tut mir leid, Daddy. Du bist kein Idiot. Das hätte ich nicht sagen sollen." Cardin verstellte ihm den Weg. „Es war nett von dir, uns Frühstück zu bringen."

Er gab ihr einen Kuss auf die Stirn. „Nein, ich muss mich entschuldigen. Es stimmt, ich bin wütend wegen dem, was zwischen Aubrey und Jeb vorgefallen ist, aber ich lebe noch. Mit den Schmerzen und der Behinderung komme ich zurecht. Und dass Whip auch nach einem Jahr noch nicht weiß, was eigentlich passiert ist, muss hart sein."

„Was immer es war, es hat meinem Dad nur den

Rest gegeben“, bemerkte Trey. „Ich will niemandem die Schuld geben. Er hat sich das selbst eingebrockt. Aber ich wüsste gern, was vorgefallen ist, dass es dazu kam.“

„Selbst wenn du es herausfindest, ändert es nichts“, erklärte Eddie. „Du hättest den Untergang deines Vaters nicht verhindern können.“

„Das kann ich akzeptieren. Aber es fällt mir schwer zu akzeptieren, dass ich die Wahrheit möglicherweise nie erfahren werde.“

Eddie hatte sich geschworen, seinem Vater nie zuzusetzen, um die Wahrheit herauszubekommen. Jeb würde schon freiwillig damit ankommen müssen. Allerdings hatte Eddie nie darüber nachgedacht, dass es auch für Trey schmerzlich sein könnte. Er wollte nichts versprechen, aber Trey bei der Suche nach der Wahrheit zu helfen würde ihn nicht umbringen.

Besonders da der Blick seiner Tochter ihm verriet, dass sie bis über beide Ohren in diesen Jungen verliebt war. „Falls Jeb anfängt, darüber zu reden, werde ich dir Bescheid sagen.“

„Danke“, sagte Trey.

Eddie klopfte ihm auf die Schulter. „Schon gut, Junge.“

„Danke, Daddy.“ Cardin streichelte zärtlich seinen Arm und gab ihm einen Kuss auf die Wange. „Ich hab dich lieb."

„Ich dich auch", erwiderte Eddie und flüsterte ihr ins Ohr: „Trotzdem bekommt er es mit mir zu tun, wenn er dir das Herz bricht."

Ehe Cardin darauf etwas entgegnen konnte, räusperte Trey sich. „Könnten Cardin und ich dich und deine Frau heute Abend sprechen? Vielleicht im Headlights?"

Eddie musste nicht erst sehen, wie Cardin die Röte ins Gesicht schoss, um zu wissen, was los war. Und darüber war er keineswegs glücklich. Wenigstens hatte er eine Vorlaufzeit von zwölf Stunden. „Klar, wir werden da sein."

Und bevor irgendwer noch etwas sagen konnte, das allen den Tag verdarb, stieg Eddie in seinen Charger und fuhr davon.

„Was sollte das?"

Während Cardins Vater in einer Wolke aus Staub und Auspuffabgasen verschwand, stellte Trey seinen Kaffeebecher neben die Tüte mit dem Gebäck auf die Motorhaube des Pick-ups und machte sich auf den Weg in die Scheune.

Vorher schenkte er ihr ein Lächeln, das sie mit Sicherheit wütend machen würde, und sagte: „He, je eher wir den Leuten von unserer Verlobung erzählen, desto besser."

„Meinst du nicht, du hättest es vorher mit mir besprechen müssen?", rief sie ihm hinterher.

„Ich dachte, wir seien uns einig."

„Sind wir auch. Du bist nur ein bisschen voreilig."

„Ich dachte, du möchtest einen Ehemann, der dir stets einen Schritt voraus ist." Er hob die verrostete Pumpe auf, die er vorhin in der Hand gehabt hatte, und ging in die Scheune.

Cardin lief ihm hinterher. „Aber nicht, wenn das bedeutet, dass ich ständig einen Schritt hinterherhinke."

„Ich dachte, das sei der angemessene Platz für eine Frau."

„Nur wenn du ein Chauvi bist", konterte sie und folgte ihm in die dunkle Scheune.

Er blieb stehen, drehte sich um und hielt sie fest, bevor sie mit ihm zusammenstoßen konnte. „He, ich habe schon seit Langem keine Beziehung mehr. Die längste, die ich hatte, ist die mit Butch und den Jungs."

„Das ist beängstigend."

Trey lachte. Es gefiel ihm, dass sie Sinn für Humor besaß. „Jetzt ist vermutlich ein guter Moment, um unsere Geschichte abzustimmen."

Sie wischte ein Spinnengewebe fort. „Ich will nicht

bei einer Lüge ertappt werden, noch bevor wir diese Sache ins Rollen gebracht haben."

„Na schön." Er lehnte sich gegen die Werkbank, die er vorhin aufgeräumt hatte. „Hast du dich letztes Jahr beim Rennen blicken lassen? Können wir da zusammengekommen sein?"

„Na sicher, meine Familie war immer da. Letztes Jahr waren mein Dad und meine Mutter noch zusammen, und Eddie und Jeb kamen auch noch miteinander aus."

Dann kam der Streit, über den niemand etwas zu wissen schien, weil der einzige noch lebende Beteiligte schwieg. „Wie schlimm ist es mit Eddies Bein?"

Cardin nahm einen Baseball in die eine Hand und das Gehäuse einer Meeresschnecke, die Trey nie zuvor gesehen hatte, in die andere. „Schlimm genug, dass er nicht mehr für Jeb fahren kann."

„Und deswegen gibt es Spannungen zwischen den beiden?"

„Ja, dabei sollte Jeb froh sein, dass sein Sohn noch zwei funktionierende Beine hat."

Trey nahm ihr das Schneckengehäuse aus der Hand und warf es in die Feuertonne. „Ich habe mich gefragt, warum Jeb nie selbst gefahren ist."

„Aus demselben Grund, aus dem er nie ein Gesetzeshüter geworden ist." Sie ließ den Baseball in der Hand hüpfen. „Wegen des Schrapnells, das er im Koreakrieg abbekommen hat. Er muss sich je nach Befindlichkeit hinsetzen oder bewegen können."

„Zu schade. Dahlia hätte von einem Mann wie Jeb eher profitiert als von Henry Buell."

„Stimmt. Abgesehen davon sollte er wegen seiner Verletzung eigentlich mehr Verständnis für Eddies Lage haben."

Trey schnappte sich den Baseball, als der gerade in der Luft war. „Eltern neigen dazu, ihren Kindern gegenüber härter zu sein, wenn sie ihre eigenen Fehler in ihnen wiedererkennen."

„Das wäre ja nachvollziehbar, wenn es um eigene Schwächen ginge. Aber weder Eddie noch Jeb konnten etwas für ihre Verletzungen. Außerdem hätte es Jeb erwischt, wenn Eddie nicht dazwischengegangen wäre."

„Du meinst, mein Vater hätte ihn erwischt", verbesserte Trey.

„Ich weiß, dass es ein Unfall war. Alle sagen das, sogar Eddie. Ich gebe deinem Vater keine Schuld. Aber genau wie du würde ich gern wissen, was geschehen ist, um es zu verstehen. Dass meine Familie auseinanderbricht, hilft mir dabei kein Stück weiter."

Trey atmete tief durch und ließ den Baseball über

die Werkbank rollen, bis er am anderen Ende herunterfiel. „Was ist mit deiner Mutter? Was war da zwischen Delta und Eddie?“

„Ich weiß es nicht. Es lag daran, wie sie miteinander kommunizierten. Sie hörten auf, miteinander zu reden, und wenn sie redeten, stritten sie.“

„Darunter leidet eine Beziehung natürlich.“

„Alle möglichen Beziehungen, private wie berufliche. Selbst ihre Freunde gingen lieber in Deckung.“

„Dann muss die Kommunikation bei uns oberste Priorität haben, schließlich wollen wir nicht, dass uns so etwas passiert.“

Cardin hob den Baseball auf und warf damit nach Trey. „Apropos Kommunikation. Wie kann ich meinen Eltern von unserer bevorstehenden Heirat erzählen nach dem, was letzte Nacht zwischen uns passiert ist?“

„Meinst du vielleicht, wir hätten noch nicht miteinander geschlafen, wenn wir tatsächlich heiraten wollten?“, fragte er amüsiert. „Und dass deine Eltern es nicht wüssten?“

„Hm, nein“, meinte sie zögernd, als hätte sie darüber noch nicht nachgedacht.

Allmählich fragte sich Trey, ob Cardin ihren Plan überhaupt durchdacht hatte. „Bist du dir sicher, dass du die Rolle spielen kannst?“

„Entweder spiele ich diese Rolle, oder ich bin weiter die Tochter am Rande des Nervenzusammenbruchs, denn so wie bisher kann es nicht weitergehen.“ Sie warf den Baseball in die Tonne.

„Dann müssen wir alles tun, damit du in deine Rolle hineinfindest.“

„Ich dachte, wir wollten die Scheune aufräumen“, sagte sie keck, schlang ihm jedoch die Hände um den Nacken.

Sogleich schob er seine Finger in ihre Jeans und unter den Bund ihres Slips. „Dies scheint mir ein günstiger Augenblick für eine Pause zu sein.“

Sie wand sich ein wenig und meinte scherzhaft tadelnd: „Eine Pause? Wir haben doch noch gar nicht angefangen. In diesem Tempo wirst du mit Sicherheit noch eine Ewigkeit brauchen.“

„Dann hoffe ich, dass du für eine lange Verlobungszeit gewappnet bist“, entgegnete er und erstickte jede Erwiderung mit einem Kuss.

Eine leidenschaftliche Empfindung durchflutete sie, als sie sich an ihn schmiegte und seinen Kuss erwiderte. Sofort wurde Trey von einer erregenden Hochstimmung erfasst und konnte es immer noch nicht fassen, dass bereits der Gedanke an Cardin sein Verlangen weckte – und das ging schon seit Jahren so. Es reichte sogar in die Zeit vor Taters

Party zurück.

Cardin schien zu genießen, was gerade passierte, sie umfasste sein Gesicht mit beiden Händen und biss ihn zärtlich in die Unterlippe.

Es bestand kein Zweifel daran, dass sie ihn ebenfalls wollte, denn nun schob sie sein offenes Hemd auseinander und schmiegte das Gesicht an seine Brust, wobei sie seine Brustwarzen mit der Zunge umspielte. Er schluckte und stoppte sie, um die Beherrschung nicht zu verlieren. Dann hob er sie kurz entschlossen auf die Arme, und Cardin lachte.

Kurz darauf stieß er die Haustür auf und ließ sich mit Cardin auf die Schlafsäcke fallen. Sie verspürten beide ein solch ungezügeltes Begehren, dass sie sich noch nicht einmal die Zeit nahmen, ihre Hosen richtig auszuziehen. Trey drang tief in sie ein, sie packte seine Arme und presste sich in entfesselter Lust an ihn. Keiner von beiden sagte ein Wort, nur schweres Atmen erfüllte den Raum.

Gemeinsam fanden sie zu einem Rhythmus, der ihnen höchste Lust verschaffte. Sie klammerten sich aneinander, während sie sich immer schneller bewegten. Trey versuchte sich zu beherrschen, doch als Cardin auf dem Höhepunkt aufschrie, kam auch er zu einem überwältigenden Orgasmus.

Noch während er allmählich wieder zu sich kam,

fragte Trey sich, ob es bei dem, was sie taten, wirklich nur um Sex ging oder ob nicht doch mehr im Spiel war. Und wenn ja, was er tun würde – denn er befürchtete, diesmal nicht einfach wieder weggehen und Cardin zurücklassen zu können.

7. KAPITEL

Die Schicht von vier bis acht im Headlights war Cardins liebste Arbeitszeit. Teenager tauchten nach der Schule auf, um eine Cola oder einen Milkshake zu trinken und um zu flirten. Familien kamen auf ein schnelles Essen vor irgendeiner Sportveranstaltung, einer Technikmesse oder einem Bandwettbewerb. Auf jeden Fall hatte Cardin zu tun, und das lenkte sie davon ab, zu viel nachzudenken. Außerdem verging die Zeit dadurch schneller, und ehe sie sich versah, war es acht – und dummerweise genau der Zeitpunkt, an dem ihre Mutter, die schon vor einer Weile nach Hause gefahren war, wieder zur Tür hereinkam.

Delta sah in ihre Richtung und setzte sich an einen der ruhigeren Tische. Cardin wusste nicht, ob ihre Nerven es aushalten würden, zusammen mit ihrer Mutter auf die beiden Männer zu warten. Was sie wusste, war, dass Delta eine Cola light trinken würde, daher füllte sie Eis und Cola in ein Glas, steckte einen Strohhalm hinein und brachte das Getränk an den Tisch, wobei sie dem forschenden Blick ihrer Mutter auswich. Bevor Cardin den Rückzug antreten konnte, gesellte ihr Vater sich zu ihnen. Da sie auch seinem Blick nicht begegnen wollte, wandte sie sich einfach ab und erklärte: „Ich muss ausstempeln. Bin gleich wieder da."

Eddie hielt sie am Handgelenk fest. „Setz dich, Cardin. Und dann verrate deiner Mutter und mir, was eigentlich los ist."

„Ich würde lieber auf Trey warten", antwortete Cardin.

„Wir möchten es aber gern von dir hören", sagte Delta und rammte den Strohhalm in das Eis in ihrer Cola.

Cardin saß in der Klemme. Es hätte keinen Zweck, zu argumentieren, dass es ihrem Chef sicher lieber wäre, wenn sie zuerst ausstempeln würde, wenn er es war, der sie aufforderte, sich zu setzen.

Da es für sie kein Entkommen gab, rutschte sie auf die Sitzbank und wünschte, Trey wäre schon hier. Eigenartigerweise wünschte sie außerdem, dass die Lüge, die sie ihren Eltern gleich auftischen würde, keine wäre. Es war ein angenehmer Gedanke, Trey auf ihrer Seite zu wissen.

Alles, was ihr einfiel, war: „Was wollt ihr hören?"

Ihre Mutter warf ihrem Vater einen auffordernden Blick zu. Eddie räusperte sich. „Wenn du und Whip uns etwas zu sagen habt, warum hast du es dann nicht erwähnt, als du um andere Arbeitszeiten gebeten hast?"

Cardin war froh, dass diese Frage zu denen gehörte, über die sie und Trey sich abgesprochen hatten. „Er hatte noch keine freie Minute, seit er hier angekommen ist, und ich wollte euch nichts sagen, solange wir nicht beide mit euch sprechen konnten."

„Dann geht es also schon eine ganze Weile", stellte Delta fest und spielte gereizt mit ihrem Strohhalm.

„Ungefähr seit einem Jahr."

Eddie stutzte. „Dann hast du uns ja angelogen, als wir dich fragten, ob da etwas zwischen euch läuft."

„Nein, ich habe lediglich gesagt, ich würde nicht zulassen, dass er mir das Herz bricht."

„Vielleicht hättest du mal daran denken sollen, dass du uns das Herz brichst", wandte ihre Mutter ein.

„Und ihr zwei solltet euch mal überlegen, was ihr mir mit eurer albernen Trennung antut", konterte Cardin.

Die Atmosphäre am Tisch war gespannt, und als Trey sich kurz darauf mit einem Krug Bier und vier Gläsern zu ihnen gesellte, wäre Cardin ihm vor Dankbarkeit am liebsten in die Arme gesunken.

„Habt ihr schon auf mich gewartet?", fragte er und setzte sich neben sie. Er gab ihr einen Kuss auf die Wange, zwinkerte ihr zu und schenkte Bier aus.

„Ich habe mich noch nicht einmal von meiner Arbeit ausgestempelt, aber das scheint meinen Arbeitgebern egal zu sein", meinte Cardin, doch der Scherz ging daneben, wie Deltas Reaktion bewies.

„Verlass dich drauf, bei der nächsten Gehaltsabrechnung werde ich mich genau daran erinnern, wann du Feierabend gemacht hast."

Das fing ja gut an. Cardin griff nach ihrem Glas, statt auf Deltas Bemerkung einzugehen.

Nun wandte sich Trey an ihre Eltern. „Was hat Cardin euch bis jetzt erzählt?"

„Nur dass sie uns vor nicht einmal vierundzwanzig Stunden angelogen hat, was die Beziehung zwischen euch angeht", entgegnete Delta pikiert.

Trey sah Cardin an; sie trank schnell noch einen Schluck Bier.

„Es war nicht leicht, unsere Beziehung geheim zu halten", erklärte er.

„Na, ich muss schon sagen, es ist euch trotzdem gelungen", meinte Eddie grimmig. „Cardin hat das ganze Jahr über kein Sterbenswörtchen fallen lassen."

Trey tätschelte ihren Schenkel. „Das ist mein Mädchen."

„Ja, das haben wir auch gerade festgestellt", bemerkte Delta und tauschte ihre Cola gegen ein Bier.

„Delta, Eddie, ich weiß, es kommt für euch wie aus heiterem Himmel", begann Trey, „und wenn ich die Möglichkeit gehabt hätte, euch irgendwie vorzuwarnen, hätte ich es getan. Jetzt aber hätte ich sehr gern eure Erlaubnis, eure Tochter heiraten zu dürfen."

Wenn die Stimmung schon vorher angespannt war, wurde es jetzt noch schlimmer. Keiner der beiden sagte ein Wort. Sie tranken schweigend ihr Bier und starrten auf den Tisch.

Cardin ergriff die Hand ihres Vaters und die ihrer Mutter. „Ihr seid geschockt, das verstehe ich. Und ich weiß, dass ihr euch etwas anderes für mich gewünscht habt. Aber ich bin sehr glücklich mit Trey."

„Oh Liebes." Delta drückte ihre Hand. „Es geht nicht darum, dass es nicht das ist, was wir uns für dich gewünscht haben. Natürlich wollen wir, dass du jemanden findest und dich verliebst."

„Dieser Jemand sitzt hier neben mir, Mom. Er hat bei euch um meine Hand angehalten." Es auszusprechen jagte Cardin dann doch einen Schauer über den Rücken.

„Ich bin bereit, jede eurer Fragen zu beantworten", versicherte Trey ihnen. „Nur zu."

„Na schön", sagte Delta und richtete ihre Aufmerksamkeit auf ihn. „Du bist das ganze Jahr unterwegs, Trey. Hast du vor, sie mitzunehmen? Oder willst du allein reisen?"

„Sie wird jeden Tag bei mir sein. Ich werde sie nicht aus den Augen lassen."

„Dann wird sie in einem Wohnwagen leben? Oder im Motel?“, fragte Delta. „Jedenfalls wird sie kein eigenes Haus haben, nicht wahr?“

„Selbstverständlich wird sie ein Haus haben“, entgegnete er.

„Wo?“

„Wo immer sie möchte. Hier wäre es mir auch recht.“

„Ich dachte, du willst dein Haus verkaufen und die Brücken nach Dahlia abbrechen.“

Trey atmete tief durch. „Ich verkaufe mein Elternhaus, aber das bedeutet nicht, dass ich hier nicht ein anderes für Cardin kaufen oder bauen kann.“

„Für sie, aber nicht für dich“, sagte Eddie.

Cardin konnte sich nicht länger heraushalten. „Natürlich wird es auch für ihn sein, Daddy. Wenn die Zeit dafür gekommen ist. Im Augenblick zählt für mich nur, dass ich mit Trey zusammen bin, ob in einem Wohnwagen oder Motel ist mir egal.“

„Was für ein Leben ist das?“, murrte Eddie.

„Bei allem Respekt, es ist das Leben, das ich zurzeit führe, und ich finde, es ist ein gutes Leben.“

„Sie ist mein kleines Mädchen.“ Eddies Miene verfinsterte sich noch mehr.

„Das respektiere ich. Und sie ist auch eine Frau, die meine Ehefrau werden will.“

„Ist es dann nicht Heuchelei, bei uns um ihre Hand anzuhalten?"

„Ich habe Trey einen Antrag gemacht", verkündete Cardin zu Eddies Verblüffung. „Er war derjenige, der darauf bestanden hat, mit dir und Mom zu sprechen."

Eddie setzte sich aufrecht und verschränkte die Arme vor der Brust. „Wenn alles schon entschieden ist, müssen wir ja nichts mehr dazu sagen."

„Ihr könntet uns euren Segen geben."

„Es tut mir leid, wenn ich eine Enttäuschung für euch bin", sagte Trey.

„Oh Trey, du bist keine Enttäuschung", erwiderte Cardins Mutter. „Es kommt nur alles so plötzlich. Es stimmt schon, wir hätten uns für unsere Tochter ein anderes Leben gewünscht, als ständig unterwegs zu sein. Aber wenn du sie glücklich machst …"

„Dafür kann ich garantieren."

„Nun, in diesem Fall habe ich nur noch eine Frage."

Cardin wartete nervös.

„Liebst du sie?"

Ausgerechnet über diesen Punkt hatten sie vorher nicht gesprochen, da Cardin davon ausgegangen war, dass ihre Eltern seine Liebe zu ihr voraussetzen würden.

Auf Treys Gesicht erschien ein sexy Lächeln. „Ich muss sagen, nach der langen Trennung waren die letzten vierundzwanzig Stunden die besten meines Lebens."

Cardin brachte kein Wort mehr heraus. Sie wusste zwar, dass er nicht seine Liebe gestand, sondern nur auf den Sex anspielte, doch der Ausdruck in seinen Augen ließ sie hoffen, dass er ihre Liebe erwiderte. Denn eines war gewiss: Sie liebte ihn.

„Danach hat Delta nicht gefragt", erinnerte Eddie ihn. „Sie wollte wissen, ob du unsere Tochter liebst."

Cardin eilte Trey zu Hilfe. „Er liebt mich", erklärte sie und legte ihre Hand auf seine. „Und ich liebe ihn. Ich hätte ihn nicht gebeten, mich zu heiraten, wenn ich mir seiner Gefühle nicht gewiss wäre."

Delta legte ihre Hand auf Cardins, die auf Treys Hand lag, und mit der anderen nahm sie Eddies Hand. Ihr Blick sagte: Dies ist der Mann, den unsere Tochter will. Es gibt nichts mehr, was wir noch tun können.

Das machte Cardin traurig und wütend. Auch wenn sie Trey nicht wirklich heiraten würde, war er doch ein guter Mann. Ihre Eltern sollten ihn besser behandeln. „Mach nicht so ein Gesicht, Mom. Du und Dad, ihr habt die schlechten Zeiten eurer Ehe nicht überstanden, aber Trey und ich werden zusammenbleiben."

Bei diesen Worten zog Delta unvermittelt ihre

Hand zurück und wandte sich Hilfe suchend an Eddie. Gut. Das war genau das, was Cardin beabsichtigt hatte. Dieser Schwindel diente nur dem Zweck, ihre Eltern wieder zusammenzubringen.

Eddie verkniff sich offenbar einen Kommentar, weshalb Cardin gern mit irgendetwas nachgelegt hätte. Doch im Augenblick hatten sie und Trey alles gesagt.

Zum Glück rettete er die Situation, indem er bemerkte: „Ich weiß nicht, wie es euch geht, aber ich muss jetzt was essen. Ich lade euch alle ein."

„Ich bin seit zwölf Stunden hier", sagte Eddie. „Ich fahre nach Hause. Danke für die Einladung."

„Gern geschehen."

Eddie stand auf und bot Trey die Hand. „Pass gut auf sie auf."

„Das werde ich", versprach Trey und schüttelte Eddies Hand. „Darauf kannst du dich verlassen."

Delta stand ebenfalls auf. „Willst du Treys Bestellung nicht aufnehmen, Cardin?"

„Oh, klar." Cardin stand auf. „Was möchtest du?"

„Ich nehme das, was du nimmst", antwortete er. „Denn du musst auch essen. Wir haben heute noch viel Arbeit vor uns, bevor wir ins Bett können."

Ja, weil wir heute in der Scheune nur andere Dinge getan haben, dachte sie und wollte zur Küche, doch er hielt sie fest und gab ihr einen Kuss auf die Wange.

Da Sandy Larabie, Cardins Eltern und alle anderen Gäste zuschauten, hatte er gerade jedem gezeigt, wie sie zueinander standen. Cardin hoffte, dass sie es bis in die Küche schaffte, ohne ohnmächtig zu werden. Gab es etwas Stressigeres, als anderen Leuten eine Lüge aufzutischen?

Sie gab rasch eine Bestellung auf und schloss sich für die nächsten zehn Minuten auf der Toilette ein. Dort saß sie auf dem Toilettensitz, die Hände vorm Gesicht, und lauschte zwei kleinen Mädchen, die kichernd hereinkamen und sich flüsternd unterhielten, während sie sich die Hände wuschen. Am liebsten hätte sie ihnen gesagt, sie sollten es genießen, zehn Jahre alt zu sein, weil fünfundzwanzig Mist war.

Aber ihr Alter hatte natürlich nichts damit zu tun. Was ihr zu schaffen machte, war, dass sie ihrer Familie eine Lüge erzählte, noch dazu eine, die ihr gut gefiel.

Als sie mit dem Essen zum Tisch zurückkehrte, war Trey allein. Diesmal setzte sie sich ihm gegenüber. „Spüre ich hier Bedauern?“

Er lächelte schwach. „Bedauern ist vielleicht nicht das richtige Wort. Ich denke nur darüber nach, wie viele Schwierigkeiten ich mir eingehandelt habe. Deine Eltern waren nicht allzu glücklich.“

„Keine Sorge, ich bin diejenige, die es ausbaden

muss. Wirklich, du musst nur mitspielen."

Er biss in seinen Cheeseburger, während sie mit einer Fritte spielte. „Ich frage mich trotzdem, was sie gegen mich haben."

„Abgesehen davon, dass du mit mir ins Bett gehst?"

Trey runzelte die Stirn. „Glaubst du, sie hätten einen anderen nicht so behandelt und dass es nur damit zu tun hat, dass wir miteinander schlafen?"

Er hatte recht, das allein war es nicht. Die Reaktion ihrer Eltern war – wie sie es geplant hatte – darauf zurückzuführen, dass sie sich mit dem Feind zusammentat. „Tut mir leid."

„Das dachte ich mir." Er schüttelte den Kopf und biss erneut in seinen Burger.

Einen Moment lang überlegte sie, alles abzublasen, ihm einen Ausweg aus der ganzen Geschichte anzubieten und ihren Eltern die Wahrheit zu sagen. Aber dieser Moment verflog rasch wieder. Und bevor sie noch etwas sagen konnte, tauchte Tater Rawls hinter Trey auf. Seine dichten blonden Haare waren zerzaust, und auf seinem Gesicht lag ein übermütiges Grinsen.

Er hob den Zeigefinger an die Lippen, damit sie ihn nicht verriet, dann legte er beide Hände auf Treys Schultern. „Was ist los mit dir, Mann? Du bist in der Stadt und sagst nicht mal einem alten Freund Hallo?"

„Verdammt, Tater! Musst du einen so erschrecken?“

„Wie geht es dir?“, erkundigte Treys Freund sich und setzte sich zu ihm auf die Bank.

Cardin verabschiedete sich, um die beiden allein zu lassen.

„Bis später“, sagte Trey, legte ihr den Arm um die Taille und küsste Cardin.

„He, Leute, was hat das alles zu bedeuten?“, wollte Tater wissen.

„Du wirst es ohnehin erfahren“, meinte Trey und zwinkerte ihr zu. „Cardin und ich sind verlobt.“

„Du und Cardin Worth? Verlobt? Na so was!“ Tater hatte mit seinen Fragen gewartet, bis er und Trey allein waren.

„Ich dachte, gerade du würdest dich für uns freuen.“

„Ich habe nicht gesagt, dass ich mich nicht freue.“ Tater machte eine Pause, als wollte er sichergehen, dass man ihm diesmal auch richtig zuhörte. „Du meine Güte, wer würde sich nicht freuen?“

„Zum Beispiel die beiden anderen Menschen, denen wir es bis jetzt gesagt haben“, antwortete Trey.

„Ich nehme an, du meinst ihre Eltern.“

„Bingo.“ Trey griff nach dem Krug, um sich nachzuschenken. Tater nahm sich Cardins Glas. „Eddie und Delta waren nicht begeistert, aber am Ende haben sie uns ihren Segen gegeben."

Tater verschluckte sich. „Wenn du sie tatsächlich gefragt hast, bist du mutiger als ich."

„Warum hätte ich nicht fragen sollen?"

„Ich sage nicht, dass du nicht hättest fragen sollen." Tater sammelte seine Gedanken und verzog dabei das Gesicht. „Deckt sich das, was Cardin dir über den Zustand der Ehe ihrer Eltern erzählt hat, mit der Realität?"

Die Antwort darauf lautete nein. Bis jetzt hatte Trey noch nichts von den Konflikten mitbekommen, die Cardin zu ihrem Entschluss gebracht hatten. „Eigentlich nicht. Und gegen uns haben sie sich sofort verbündet."

Genau das war schließlich Cardins Absicht gewesen. Trey fragte sich, ob sie nun froh war oder ob sie ebenfalls gemischte Gefühle hatte.

„Das verstehe ich nicht." Tater zog drei Fritten durch den Klecks Ketchup auf dem Teller, den Cardin hatte stehen lassen. „Die hätten doch vor Freude tanzen müssen. Wer würde dich nicht als Schwiegersohn haben wollen?"

Trey lachte. „Vielen Dank. Aber ständig unterwegs zu sein ist nicht jedermanns Sache."

„Zu dir scheint es gut zu passen, schließlich kommst

du nur einmal im Jahr nach Hause und sagst Hallo."

Plötzlich fragte Trey sich, ob dieses Leben wirklich das Richtige für ihn war oder ob er es nur deshalb führte, weil er seine Arbeit liebte. Und warum stellte er sich auf einmal diese Fragen? Cardin und er waren nicht verlobt und würden weder unterwegs noch sonst irgendwo zusammenleben.

„Wann seid ihr zwei eigentlich zusammengekommen?", fragte Tater mit vollem Mund. „Und warum die Eile?"

Trey schob seinen Teller zur Seite, wischte sich die Hände ab und überlegte, ob er seinem Freund die Wahrheit sagen sollte. Aber das konnte er Cardin nicht antun. So aufgewühlt er momentan auch sein mochte, er sollte jetzt keine Entscheidungen treffen, die er später bereuen könnte.

Er hielt sich an die zwischen ihnen abgesprochene Geschichte. „Letztes Jahr beim Farron Fuels."

„Was? Hattet ihr die ganze Zeit Telefonsex oder so was? Denn ich weiß, dass du seitdem nicht mehr hier warst."

Sein Vater hatte in Ohio gewohnt, als er starb, und einen anderen Grund, nach Dahlia zurückzukehren, hätte es für Trey nicht gegeben. „Ja, wir haben telefoniert und E-Mails geschrieben. Und Textnachrichten."

„Meine Vorstellung von einer Beziehung ist das zwar nicht, aber wenn es euch gefällt."

Da Tater es schon ansprach ... „Das mit dir und Sandy Larabie entspricht eher deiner Vorstellung von einer Beziehung, was?"

Tater lachte schwach. „Das ist doch nichts Ernstes."

Dann war Taters Romanze ebenso eine Lüge wie seine. „Weiß Sandy das auch?"

„Es ist eine Zweckgemeinschaft. Du weißt doch, wie das läuft."

„Ein Mann muss tun, was ein Mann tun muss", bemerkte Trey.

„So ungefähr."

Jeb Worth kam an ihren Tisch. Er hielt seinen Cowboyhut mit beiden Händen an der Krempe und sah auch ohne Abzeichen an seinem weißen Hemd aus wie ein Sheriff. „Habt ihr Jungs was dagegen, wenn ich mich zu euch setze?"

„Absolut nicht", erwiderte Trey, während Jeb bereits Platz nahm und gleich zur Sache kam.

„Hast du dich schon entschieden?"

„Wie ich dir gestern gesagt habe – ich muss mir den Wagen erst ansehen."

„Worum geht es denn?", wollte Tater wissen und schaute neugierig von einem zu anderen. „Habe ich irgendetwas verpasst?"

Obwohl er mit Tater sprach, hielt Jeb den Blick auf Trey gerichtet. „Ich habe Trey gefragt, ob er White Lightning im Moonshine-Rennen fahren will."

„Im Ernst? Anscheinend wissen heute alle irgendetwas, was ich nicht weiß."

Trey zuckte zusammen, denn Taters Worte erinnerten ihn daran, dass Cardins Großvater nichts von der Verlobung wusste. Er wartete darauf, dass Jeb nachfragte, was Tater mit seiner Bemerkung meinte, aber der alte Mann war viel zu sehr auf sein Thema konzentriert. „Komm vorbei und sieh ihn dir an. Das Rennen ist in zwei Wochen."

„Wie wäre es mit morgen Nachmittag? Zwischen drei und vier? Ich kann um die Zeit vorbeikommen, wenn Cardin zur Arbeit fährt."

„Was hat Cardin denn damit zu tun?"

Tater jauchzte und schlug mit der flachen Hand auf den Tisch. „Dann bin ich ja doch nicht der Einzige, der keine Ahnung hatte."

„Ahnung wovon?", fragte Jeb, und Trey konnte nur noch den Kopf schütteln.

Tater klopfte ihm auf die Schulter. „Unser alter Whip hier wird dein Schwiegerenkel."

Delta ließ sich von Eddie dazu überreden, ihm nach Hause zu folgen. Sie hätte ein besseres Gefühl gehabt, hierherzukommen, wenn sie beide sich nicht nur wegen ihrer gemeinsamen Probleme aneinanderklammern würden. Warum waren erst diese beunruhigenden Neuigkeiten nötig gewesen, damit sie sich wieder zivilisiert miteinander unterhielten?

Es war noch nicht zehn Uhr, wie Delta feststellte, als sie die Stufen hinaufging zu Eddie, der die Fliegengittertür und die Haustür aufhielt, doch sie fühlte sich hundemüde. Wahrscheinlich war diese Erschöpfung auf die plötzliche Achterbahnfahrt ihrer Gefühle zurückzuführen.

Ach, wem versuchte sie denn etwas vorzumachen? Erschöpft war sie ständig seit Eddies Unfall vor über einem Jahr. Sie war einfach keine Friedensstifterin wie Cardin. Stattdessen lief sie lieber davon. Dabei war ihr das gar nicht klar gewesen, denn sie hatte sich immer für stark und standhaft gehalten.

Aber als sie zum ersten Mal seit vier Monaten ihr Wohnzimmer betrat, kamen alle Gefühle in ihr hoch, die sich im vergangenen Jahr in ihr aufgestaut hatten. Sie konnte kaum atmen und schaffte es nur knapp bis zum Sofa, auf das sie sich fallen ließ.

Sie vergrub das Gesicht in den Händen und wäre am liebsten allein gewesen, um ganz in Ruhe zu weinen. Andererseits sehnte sie sich danach, dass Eddie sie in den Armen hielt und sie den Kopf an seine Schulter legen konnte. Die Tatsache, dass ihre widersprüchlichen Gefühle momentan das einzig Klare in ihrem Leben waren, brachte sie zum Lächeln, während die Tränen liefen.

Unterdessen war Eddie vor dem Sofa auf und ab gelaufen. Als er Deltas beinah hysterisches Schluchzen hörte, blieb er stehen. Er versuchte in die Hocke zu gehen, was sein kaputtes Bein jedoch verhinderte, weshalb er sich auf die Sofakante setzte. „Möchtest du ein Glas Wasser? Einen Whiskey? Eine Tasse Tee?"

Sie schüttelte den Kopf und lehnte sich zurück in die weichen braunen und blauen Kissen. „Ich will mein altes Leben zurückhaben, Eddie Worth, sonst gar nichts. Kannst du mir das geben?"

Er stand wieder auf, um erneut vor ihr auf und ab zu gehen. Diesmal humpelte er dabei stärker, wie immer, wenn er gestresst war. „Unsere Tochter wird Whip Davis heiraten, und du willst, dass ich dir *dein* Leben zurückgebe? Sollten wir nicht lieber versuchen, Cardins Leben zu retten?"

„Cardin hat ihre Wahl getroffen. Da können wir nicht mehr das Geringste tun."

„Unsinn", widersprach er und schlug mit der flachen Hand auf den Kaminsims. Die zwölf Bilderrahmen, die Schulfotos von Cardin enthielten, rührten sich nicht. „Ich muss das irgendwie in Ordnung bringen. Es muss doch irgendetwas geben, das ich tun kann."

„Ich habe dir vor vier Monaten gesagt, dass du in Ordnung bringen sollst, was nicht stimmt." Die Worte waren harsch und scharf, aber dagegen konnte Delta nichts tun.

Eddie legte beide Hände auf den Kaminsims, ließ den Kopf hängen und fluchte leise. „Dann ist das also meine Schuld? Zuerst redet mein Vater nicht mehr mit mir, dann verlässt du mich, und jetzt diese Sache mit Cardin?"

„Was haben diese Dinge denn gemeinsam, Eddie?", fragte sie, und diesmal klang ihre Stimme sanfter. „Mir fällt da nur eines ein."

Er stieß sich vom Kamin ab. „Trotzdem bin ich derjenige, dessen Bein mit Schrauben zusammengehalten wird. Ich war es, der in die Werkstattgrube der Garage von Morgan and Son's fiel. Ich war es, der von Glück sagen konnte, dass ich im Krankenwagen abtransportiert wurde und nicht im Leichenwagen."

„Das wissen wir alle. Jeder weiß, wie schlimm es war." Sie kickte ihre Espradrilles fort und zog die Füße unter sich. „Aber du bist der Einzige, der sich beharrlich anzuerkennen weigert, dass inzwischen einiges besser geworden ist."

Er warf ihr einen ungläubigen Blick zu. „Besser?"

„Ja, besser. Du bist nicht tot, und auch wenn du Schrauben in der Hüfte hast, so kannst du doch gehen. Du sitzt nicht im Rollstuhl, und von deinem Hinken ist die meiste Zeit nichts zu sehen." Als er sie unterbrechen wollte, hob sie die Hand. „Ja, ich bin sicher, du hast immer noch Schmerzen. Ich finde es auch schrecklich, das kannst du mir getrost glauben. Aber ich begreife nicht, warum du erst zufrieden bist, wenn wir anderen auch alle leiden."

„Wer sagt das? Warum glaubst du, dass ich alle anderen auch leiden sehen will?"

„Niemand muss das aussprechen, man merkt es. Es scheint dir besser zu gehen, wenn andere sich genauso elend fühlen wie du." Hatte er das wirklich nicht mitbekommen, wie er die Menschen um sich herum herunterzog? Oder kümmerte es ihn überhaupt nicht, weil er so sehr mit seinen eigenen Schmerzen beschäftigt war? „Du verstehst das nicht", sagte er müde und fuhr sich mit beiden Händen durch das Haar, das voll war und länger als früher und so schwarz wie das ihrer Tochter.

Delta setzte sich wieder auf und legte den Arm auf die Sofalehne. „Dann erklär es mir. Wir waren sechsundzwanzig Jahre zusammen. Du konntest mir immer alles erklären."

Er gab einen spöttischen Laut von sich, und seine Absätze klapperten auf dem Holzfußboden, als er wieder anfing, auf und ab zu gehen. „Das könnte ich vielleicht, wenn ich selbst irgendetwas von alldem verstehen würde."

„Wovon?", hakte sie nach, denn so weit wie jetzt waren sie schon lange nicht mehr gekommen, und diese Chance wollte sie nicht einfach verstreichen lassen.

„Warum das alles passieren musste."

Meinte er den Unfall? Oder das, was aus ihrer Ehe geworden war? Sprach er davon, was der Unfall aus ihm gemacht hatte? Oder davon, dass ihre Tochter sich für einen Mann entschieden hatte, für den sie ihr Zuhause verlassen würde? „Ich bin mir nicht sicher, worauf du hinauswillst. Warum was passieren musste?"

Er rieb sich den Nacken. „Ich bin an jenem Tag in die Werkstatt gegangen, weil Alex mich angerufen hat, um mir mitzuteilen, dass Aubrey und Dad in heftigen Streit geraten sind."

Von Alex Morgans Anruf hatte Delta nichts gewusst, aber auch sonst besaß sie kaum Informationen über den Vorfall. Sie tappte im Dunkeln, ebenso wie alle anderen, die sich fragten, wie der Streit wohl entstanden war. „Dann würde ich sagen, das alles ist passiert, weil du deinen Pflichten als Sohn nachgekommen bist."

„Zu dieser Erkenntnis bin ich auch schon gelangt", sagte er. „Aber ich verstehe nicht, was so schiefgelaufen ist. Was ist da zwischen Aubrey und Dad gewesen, dass die Situation derartig außer Kontrolle geraten konnte und Aubrey einen Mann in Dads Alter schlug?"

„Aubrey hatte viele Probleme."

„Kann sein, aber das interessiert mich nicht", meinte Eddie. „Ich will wissen, warum Dad es mir nicht erzählen will. Warum ist das so ein Geheimnis? Wen schützt er? Wenn es mich am Kopf statt an der Hüfte erwischt hätte, würden wir hier nicht sitzen. Warum findet er nicht, dass ich es verdient habe, die Wahrheit zu erfahren?"

Delta schwieg betroffen, denn hier ging es nicht um irgendwelche körperlichen Verletzungen. Was Eddie wirklich zu schaffen machte, war, dass sein Vater sich weigerte, ihm alles darüber zu erzählen, warum er beinah bei diesem Streit sein Leben verloren hatte.

Zum Zeitpunkt des Unfalls hatte Delta sich viel zu große Sorgen um Eddie gemacht, um sich nach Gründen für den Streit zu fragen. Die Genesung ihres Mannes hatte sie wochenlang viel zu sehr in Anspruch genommen, sodass jeder Gedanke an die

Ursache des Streits immer weiter in den Hintergrund trat und sich schließlich auflöste. Eddie hingegen hatte nichts anderes beschäftigt als die Frage nach dem Warum.

Delta hätte nicht für möglich gehalten, dass das Schweigen seines Vaters für einen Großteil des Kummers in der Familie verantwortlich war. Sie glaubte nicht, dass ihr Schwiegervater irgendwen eingeweiht hatte, nicht einmal Cardin, und sie fragte sich, ob Whip die Gründe kannte, ob sein Vater sie ihm vor seinem Tod erzählt hatte.

Wenn es ihre Ehe retten würde, die offenen Fragen zu beantworten, würde sie alles daransetzen. „Weiß dein Vater, wie du darüber denkst?"

„Es ist ihm egal", entgegnete Eddie. „Er wird nicht darüber reden. Er hat Whip dazu gebracht, seinen Wagen beim Rennen zu fahren, deshalb besteht für ihn noch weniger Anlass, mir die Wahrheit zu sagen."

Das glaubte Delta nicht, da sie wusste, wie sehr Jeb seinen Sohn liebte. Aber sein Stolz stand ihm oft im Weg, und leider hatte Eddie einiges von diesem Stolz geerbt, was die Sache für beide nicht gerade einfacher machte.

Wenn Delta das eisige Schweigen zwischen diesen beiden Sturköpfen beenden wollte, würde sie das ganz allein versuchen müssen. Auf die Hilfe von einem der beiden Männer konnte sie jedenfalls nicht zählen.

Sie stand auf, ging zu ihm und nahm seine Hand in ihre. „Dein Vater liebt dich, Eddie. Deine Tochter liebt dich. Und ich liebe dich auch sehr. Es ist uns nicht egal, ob du über diese Geschichte hinwegkommst. Nur spielt das keine große Rolle, weil du nämlich derjenige bist, der es wollen muss. Und bevor du diesen Punkt nicht erreicht hast, wird sich für dich nichts ändern."

Sein Mund zuckte. „Bedeutet das, dass du die Nacht nicht hier verbringen wirst?"

Oh, sie war in Versuchung, es zu tun. Vier Monate waren eine lange Zeit ohne ihren Ehemann. Sie schlief schon sehr lange allein in ihrem Bett, und sie vermisste ihn nachts neben sich. „Wenn ich die Nacht mit dir verbringe, ändert sich nichts."

„Na ja, ein paar Dinge fallen mir schon ein, die sich wenigstens vorübergehend ändern würden."

„Im Hinblick auf einige körperliche Gelüste sicher."

Er umfasste ihr Gesicht und sah ihr in die Augen. „Du fehlst mir. Ich brauche dich."

Die Versuchung wurde immer größer. „Dir fehlt Sex. Du willst nur mit jemandem schlafen."

„Mit dir, Liebes. Nur mit dir“, flüsterte er und küsste sie.

Ihr halbes Leben lang war Delta bei diesem Mann schwach geworden, deshalb war es völlig sinnlos, ihm jetzt widerstehen zu wollen. Sie redete sich auch gar nicht erst ein, dass es nur darum ging, ihre Lust zu stillen. So einfach war es zwischen ihnen nie gewesen. Außerdem hatte er sich ihr gegenüber heute Abend auf eine Weise geöffnet wie schon lange nicht mehr.

Ihr Verlangen nach ihm verblüffte sie selbst. Sie ließ es geschehen, dass er sie an sich drückte und sie leidenschaftlich küsste, aber sie war diejenige, die anfing, sich auszuziehen – schneller, als sie es je zuvor getan hatte.

8. KAPITEL

Cardin hätte nie gedacht, dass sie ihre eigene Wohnung so schmerzlich vermissen würde, doch als sie aus der Dusche auf ihre braun, pink und grün gepunktete Badezimmermatte trat, musste sie sich eingestehen, dass sie es tat.

Zwar fühlte sie sich wohl in ihrem Elternhaus, aber es war auch schön, von ihren eigenen Dingen umgeben zu sein und nicht ständig daran denken zu müssen, nicht das warme Wasser aufzubrauchen und nicht im Slip und BH herumzulaufen.

Als sie in der Einfahrt Deltas Wagen neben Eddies entdeckte, schaltete sie die Scheinwerfer von Jebs Truck aus und setzte leise wieder zurück, wobei sie die ganze Zeit grinste.

Die Aufregung der letzten Stunden hatte sich gelohnt, wenn das Missfallen ihrer Eltern über Cardins bevorstehende Ehe mit Trey dazu geführt hatte, dass die beiden wieder zueinanderfanden.

Ihre Ehe mit Trey – sie ignorierte das Kribbeln angesichts dieser Worte und richtete ihre Gedanken auf ihren Scheinverlobten, der sich wie ein Sandsack vorkommen musste. Hoffentlich entschädigte der Abend mit Tater ihn für die verbalen Hiebe, die er von ihren Eltern hatte einstecken müssen, nachdem er um ihre

Hand angehalten hatte. Sie und Trey hatten sich zwar abgesprochen, doch hatte er ihr verschwiegen, dass er ihre Eltern um deren Segen bitten wollte.

Er nahm so viel auf sich und bekam im Gegenzug so wenig dafür, dass sie sich fragte, warum er überhaupt mitmachte. Jedenfalls glaubte sie keine Sekunde daran, dass es ihm nur um Sex ging, denn um sie ins Bett zu bekommen, musste er nicht ihren Verlobten spielen. Dazu brauchte er bloß mit den Fingern zu schnippen, wie sich am Morgen gezeigt hatte.

Natürlich wusste sie um die Anziehung zwischen ihnen, doch von der Intensität war sie überrascht. Ihre Gefühle entsprachen nicht denen einer inszenierten Verlobung, denn sie waren echt.

Und das machte die Vorstellung schwer erträglich, dass Trey bald wieder gehen würde. Deshalb beschloss sie, die Zeit mit ihm zu genießen, bis sie es geschafft hatte, ihre Eltern wieder zusammenzubringen.

Er war bereits am Haus, als sie dort ankam. Aber er war nicht drinnen, sondern saß auf der offenen Heckklappe seines Pick-ups und ließ die Beine baumeln. Es war schon dunkel, und Cardin war nicht sicher, ob das der Grund für das sinnliche Prickeln war, das sie überall verspürte.

„Ich dachte schon, du würdest nicht mehr vorbeikommen“, begrüßte er sie.

„Warum solltest du das denken?“

„Keine Ahnung. Vielleicht hast du dir überlegt, dass eine Beziehung mit mir die Missbilligung deiner Eltern nicht wert ist.“

„Ich wusste, dass sie unsere Pläne missbilligen würden. Das war doch das Ziel.“

„Das muss nicht heißen, dass du bereit dafür bist“, gab er zu bedenken.

Sie kam näher, stellte sich zwischen seine Knie und legte die Hände auf seine Oberschenkel. Seine Muskeln spannten sich an. „Die Reaktion meiner Eltern ist nicht das Problem.“

Er kreuzte die Knöchel hinter ihr, drückte seine Stiefel gegen ihren Po und zog sie auf diese Weise näher heran. „Ich rate mal ins Blaue und tippe darauf, dass du dir die gleichen Fragen stellst wie ich.“

„Und die wären?“

„Zum Beispiel, warum wir sieben Jahre gewartet haben, bevor wir der Anziehung zwischen uns nachgaben.“

Sie hätte dieses Thema nicht weiterverfolgen sollen, aber sie wollte es nun einmal wissen. „Ist das alles? Sexuelle Anziehung?“

„Was?“ Er lehnte sich zurück und stützte sich auf die Ellbogen. „Willst du die Verlobung nicht mehr nur vortäuschen?“

„Das habe ich nicht gesagt.“ Sie befreite sich von ihm, ging zu der hohen alten Eiche, die seit Jahrzehnten im Garten wuchs, und lehnte sich mit dem Rücken an den Stamm. „Was hast du davon, mir zu helfen, Trey? Wenn es dir nur um Sex geht, fein. Nur glaube ich nicht, dass das alles ist.“

Er schwieg, und obwohl sie seine Augen in der Dunkelheit nicht richtig erkennen konnte, wusste sie, dass er den Blick abgewandt hatte. Cardin vermochte nicht zu sagen, ob aus Scham oder weil sie ihn durchschaut hatte.

„Liege ich falsch? Geht es dir nur um das, was wir damals nicht zu Ende gebracht haben?“, fragte sie.

Er setzte sich wieder auf. „Ich habe das Gefühl, dass, was immer ich antworten werde, falsch sein wird, weil du etwas anderes hören willst.“

Ein flaues Gefühl breitete sich in ihrem Magen aus. „Sag mir einfach die Wahrheit. Ich werde weder wütend noch verletzt sein. Ich bin nur neugierig und möchte wissen, was du von der ganzen Sache hast.“

Er lachte, und es war ein sexy Lachen, das sofort sündige Fantasien in ihr weckte. Es war nicht so, dass sie vor ihm noch keinen Sex gehabt hätte. Sie hatte sogar welchen gehabt, den sie als gut bezeichnen würde. Nur ging es mit Trey über guten

Sex hinaus … weit hinaus.

„Was ich von der ganzen Sache habe?“ Er sprang von der Heckklappe. Der Pick-up hüpfte, die Stoßdämpfer quietschten. „Willst du das wirklich wissen?“

Er war noch weit genug entfernt, dass sie sich mutig fühlte. „Sonst hätte ich nicht gefragt.“

„Selbst wenn es mir nur um Sex geht und um sonst gar nichts?“

Wie war es möglich, dass ein herrlicher Schauer sie durchlief, wenn er dieses Wort nur aussprach? „Es wäre schön zu wissen, dass nicht nur ich von unserem Arrangement profitiere.“

„Glaub mir, Süße, ich wäre gar nicht hier, wenn wir nicht beide etwas davon hätten“, erwiderte er. Allerdings beantwortete das noch immer nicht ihre Frage.

Inzwischen war er bei ihr angekommen und legte die Hände links und rechts von ihrem Kopf an den Stamm. Aus der Nähe konnte sie seine Augen erkennen, daher wusste sie, dass ihm diese Unterhaltung nicht leichtfiel und sein Necken und Flirten lediglich Fassade war.

Umso mehr wollte sie herausfinden, was er vor ihr zu verbergen versuchte. „Wenn du mir verrätst, inwiefern du profitierst, bekommst du so viel Sex, wie du willst.“

Etwas flackerte in seinen Augen auf. „Du bist eine

grausame Frau, Cardin Worth."

Vielleicht war dies der Zeitpunkt, alles auf eine Karte zu setzen. „Ich bin die Frau, mit der du unbedingt ins Bett willst."

„Wie ich schon sagte, du bist grausam." Und dann öffnete er den Knopf ihrer Jeans, zog den Reißverschluss herunter und schob seine Hand in ihren Slip.

„Wenn ich grausam bin, dann nur, weil du es mir beigebracht hast", konterte sie schwer atmend und spreizte die Schenkel, um ihm besseren Zugang zu gewähren.

„Heb dein rechtes Bein ein wenig", forderte er sie mit rauer Stimme auf. „Ich spüre deine Erregung."

Die erotischen Liebkosungen seiner geschickten Finger waren unglaublich. „Ich werde gleich kommen, wenn du so weitermachst."

„Das hoffe ich doch." Er knurrte die Worte geradezu.

„Du weißt, dass ich ziemlich laut sein kann."

„Das liebe ich an dir." Er schmiegte seine Wange an ihre und küsste ihren Hals, während sie sich an seine starken Schultern klammerte. Zärtlich küsste er sie unterhalb ihres Ohres und verpasste ihr den ersten Knutschfleck seit der Highschool.

Das erinnerte sie an jene Nacht, in der sie ihn mit heruntergelassener Hose gesehen hatte. Sie musste sich eingestehen, dass sie diesen Moment nie hatte vergessen können, und was er jetzt mit ihr tat, war das, wonach sie sich schon damals gesehnt hatte.

Fordernd und zugleich zärtlich drang er mit einem Finger in sie ein, und sie wand sich, um ihn noch tiefer in sich zu spüren. Sie wollte Trey, er weckte Sehnsüchte in ihr, die kein Mann zuvor in ihr geweckt hatte und die sie selbst kaum benennen konnte, weil sie sie gar nicht gut genug kannte.

Er erstaunte sie, erforschte sie, liebkoste sie äußerst geschickt, während sie seinen warmen Atem an ihrem Hals spürte. Er flüsterte Worte, die sie nicht verstand. Sie brauchte die Worte auch nicht zu verstehen, um ihre Bedeutung zu kennen. Trey war für sie bestimmt, sie passten viel zu gut zusammen, um nur ein zufälliges Paar zu sein.

„Trey“, hauchte sie.

„Komm, Liebes“, erwiderte er und drängte behutsam sein Knie zwischen ihre Beine, wobei er einen ihrer Oberschenkel leicht anhob.

Es funktionierte, alles. Der Winkel, die Art, wie Trey sie streichelte, der Druck seines Daumens auf ihre kleine Knospe. Cardin bewegte das Becken, presste sich an ihn und gelangte zu einem Höhepunkt, bei dem es sie heiß durchflutete. Sie wünschte, es würde nie mehr enden.

Trey streichelte sie liebevoll und gab ihr Zeit, sich zu erholen, bevor er die Hand zurückzog.

„Ich bin mir nicht sicher, ob das eine so gute Idee war“, erklärte sie schließlich mit brüchiger Stimme und noch ganz wacklig auf den Beinen.

„Ich fand, es war eine verdammt gute Idee“, entgegnete er und machte ihre Jeans wieder zu.

Ihr Rücken schrammte bei der Bewegung über den Baumstamm, und sie zuckte zusammen. „Aber wir hätten ins Haus gehen sollen, um es richtig zu tun.“

„Hat es dir etwa nicht gefallen?“

Jetzt hatte sie ihn beleidigt, na fabelhaft. Er hatte ihr gerade zu einem wundervollen erotischen Erlebnis verholfen, und sie beklagte sich. „So habe ich das nicht gemeint. Ich fühle mich nur ein wenig schuldig, dass nur ich auf meine Kosten gekommen bin und du …“

„Ich habe vor, auch auf meine Kosten zu kommen“, versicherte er ihr. „Aber glaub nicht, dass du allein es genossen hast.“

Warum errötete sie bei diesen Worten? „Ich bezweifle, dass sich dein Genuss mit dem vergleichen lässt, was ich empfunden habe.“

„Du solltest einfach aufhören zu denken“, sagte er und kam wieder näher, ohne sie jedoch zu berühren. „Zumindest bis du mich besser kennst.“

Sie fuhr ihm durch die Haare. „Du bist jedenfalls ein außergewöhnlicher Mann."

Er drehte den Kopf und küsste ihr Handgelenk. „Deine früheren Verlobten haben dich nicht verwöhnt?"

„Es gibt keine früheren Verlobten. Aber nein, den Männern, mit denen ich zusammen war, lag nicht so viel an meinen Bedürfnissen wie dir."

„Das ist eine Schande, aber es erklärt auch einiges."

„Was denn?"

„Warum du mich gebeten hast, deinen Verlobten zu spielen, statt auf jemanden aus dem Ort zurückzugreifen, mit dem du mal zusammen warst."

Sie ließ die Hand sinken und verschränkte ihre Finger in Taillenhöhe. „Das wäre nicht sinnvoll gewesen, weil ich jemanden brauchte, der meine Eltern gegen sich aufbringt. Wer hätte außerdem geglaubt, dass ich plötzlich mit jemandem verlobt bin, von dem die ganze Stadt weiß, dass er mein Ex ist?"

„Aus heiterem Himmel mit mir verlobt zu sein ist glaubwürdiger?"

Cardin löste sich von ihm, ging zu seinem Wagen und setzte sich auf die Heckklappe, wo Trey bei ihrer Ankunft gesessen hatte. „Es ist nicht so schwer vorstellbar, dass wir in Kontakt geblieben sind und eine Fernbeziehung geführt haben, besonders da alle wissen, wie es zwischen uns auf der Highschool war."

Er schlenderte zu ihr und schwang sich neben sie auf die Heckklappe. „Und die ganze Zeit dachte ich, du hättest meine Gefühle nicht erwidert."

„Du machst Witze, oder?"

„Absolut nicht." Er nahm ihre Hand. „Bis du mir in jener Nacht bei Taters Party zugesehen hast, war ich mir nicht einmal sicher, ob du mich überhaupt schon einmal wahrgenommen hattest."

Sie wusste nicht, was sie sagen sollte. Auf der Highschool war sie bis über beide Ohren in ihn verliebt gewesen, wie hatte er davon nichts bemerken können?

„Und ob ich dich wahrgenommen habe. Ich habe dich auf dem Footballplatz genauso oft beobachtet wie du mich", gestand sie.

„Du bist auch ziemlich oft an der Tankstelle aufgetaucht, an der ich ausgeholfen habe."

„Ich fuhr extra immer Umwege, um öfter zum Tanken zu kommen."

„Und ich habe den Tank nie ganz vollgemacht", sagte er lachend.

Es tat gut, zu lachen und sich zu erinnern, und Cardin legte ihren Kopf an seine Schulter. „Warum hat es dann so lange gedauert, bis wir zusammenkamen?"

„Weil wir beide zu blöd waren?"

„He, schließ nicht von dir auf andere.“

„Tue ich nicht, aber ich habe Probleme mit der Trennlinie zwischen der Realität und dem, was wir den anderen vorspielen.“

Sie wollte lieber nicht darüber nachdenken, was er damit meinte, um sich gar nicht erst Hoffnungen zu machen, denn sonst stiegen die Chancen, dass er ihr tatsächlich das Herz brach.

Deshalb sagte sie lediglich: „Falls es eine Trennlinie gibt. Wie dem auch sei, eines Tages wirst du irgendeiner Frau ein toller Verlobter sein.“

„Damit unterstellst du mir die Absicht, eines Tages zu heiraten.“

„Ja, schon möglich.“

Er streichelte ihren Arm. „Was deine Mutter über die Ehe und das ständige Unterwegssein gesagt hat – ich habe mir selbst schon über diese Dinge Gedanken gemacht. Darüber, was für ein Ehemann ich sein würde und was für ein Leben ich einer Frau bieten könnte. Delta ist also nicht die Einzige, die sich wegen dieser Dinge Sorgen macht.“

Cardin konnte sich nicht vorstellen, getrennt von ihm zu sein, wenn sie ein echtes Paar wären. „Wo du hingehst, da will ich auch hingehen.“

„Was?“

Sie hatte nicht gemerkt, dass sie die Worte laut ausgesprochen hatte. „Ich habe nur laut nachgedacht."

„Worüber?"

„Wie es wäre, mit einem Ehemann ständig unterwegs zu sein und mein altes Leben hinter mir zu lassen."

„Du meinst, falls wir wirklich verlobt wären", sagte er.

„Wenn ich jemanden lieben würde, der mich darum bäte, mit ihm zu kommen."

„Das wäre eine sehr große Bitte, oder?" Er seufzte und hielt sie im Arm, während sie beide in die Dunkelheit blickten. „Besonders an jemanden, den man liebt."

Trey lag noch lange wach neben Cardin, weil ihm die Unterhaltung mit ihr nicht aus dem Kopf ging, besonders da sie in seinem Haus lagen, nackt, als sei ihr Zusammensein das Selbstverständlichste auf der Welt.

In anderen Beziehungen hatte er sich in solchen Situationen weitaus unwohler gefühlt, und es gefiel ihm nicht, was das über ihn aussagte. Er fragte sich auch, was das über Cardin aussagte. Sie waren nicht miteinander verlobt, so viel wusste er. Aber was alles andere anging, war er ziemlich ratlos …

Er rutschte so leise wie möglich ein Stück von ihr

fort, fand seine Jeans und zog sie an, bevor er das Haus verließ. Die Tür ließ er vorsichtshalber angelehnt. Der Boden unter seinen nackten Füßen war kalt, die Luft in den frühen Morgenstunden noch eisig.

Er fand ein Paar Arbeitsschuhe auf der Beifahrerseite seines Pick-ups und ein zusammengeknülltes Arbeitshemd auf dem Sitz. Er zog beides an und ging zur Scheune, um zu arbeiten.

Je eher er seine Angelegenheiten hier in Dahlia erledigte, umso schneller wäre er wieder bei seinem Team. Er hatte zwei Monate für die Scheune und die Nebengebäude eingeplant, einen für das Grundstück und noch einmal mindestens zwei Monate für das Haus. Vielleicht würde er noch einen zusätzlichen Monat Zeit brauchen für die rechtlichen Belange, die Bankkonten, die Versicherungen.

Sechs Monate, bis hier alles erledigt war, dann würde er wieder bei seinem Team sein. Es war kein strenger Zeitplan, und da er ganz allein arbeitete, wusste er, dass einiges vor ihm lag. Zeit mit Cardin hatte er dabei allerdings nicht eingeplant. Dazu bestand kein Anlass.

Das hatte sich jetzt geändert.

Er zog an der Schnur, und die nackte Glühbirne an der Decke ging flackernd an. Sie beleuchtete nur einen kleinen Teil der Scheune, das Licht reichte kaum bis in die Ecken. Die Scheune war klein, mit nur zwei Stallboxen, in denen nie Tiere gestanden hatten, seit Trey auf der Welt war. Sie wurden als Lagerräume benutzt. An der gegenüberliegenden Wand standen Werkbänke und Schränke. So achtlos sein Vater auch in vielen Dingen gewesen war, einschließlich ehelicher Treue – so sorgfältig hatte er sich um sein Werkzeug gekümmert.

Trey war zwölf gewesen, als seine Eltern sich trennten, alt genug also, um zu verstehen, dass seine Mutter fortging, aber zu jung, um zu begreifen, dass es in keinster Weise seine Schuld war.

Jahre später erst hatte er erfahren, dass ein Seitensprung seines Vaters für die Trennung verantwortlich war. Das war umso erschütternder gewesen, als er stets das Gefühl gehabt hatte, seine Mutter habe ihm und seinem Vater gegenüber ein Unrecht begangen. Dafür hatte er sie gehasst.

Nachdem er von dem Fehltritt erfahren hatte – mit der jüngeren Schwester seiner Mutter –, hielt Trey sehr viel weniger von dem Mann, der ihn großgezogen hatte. Doch bis Aubreys Spielsucht außer Kontrolle geriet, war Trey der Einzige, bei dem sein Vater kein besonders hohes Ansehen genoss. Was den Kampf zwischen Aubrey und Jeb Worth umso rätselhafter machte.

Die einzige Erklärung für Trey war, dass sein Vater Jeb um Geld gebeten hatte. Aber das war nur ein sehr vager Verdacht, denn erstens wusste jeder in der Stadt, dass Jeb ein Geizkragen war, und zweitens hätte Aubrey sich niemals Geld von Bekannten geliehen. Von der Bank schon, auch von einem Kredithai oder seinem Sohn. Aber nie von Freunden oder Bekannten.

Wenn es also nicht um Geld gegangen war, um was dann? Es musste schon eine große Sache gewesen sein, noch dazu eine persönliche. Nur hatte Trey nicht die leiseste Ahnung, was das gewesen sein könnte.

„Dachtest du, du könntest nur vernünftig arbeiten, wenn ich schlafe, weil ich dir sonst ständig im Weg bin?“

Er betrachtete die abgenutzten Bremsbacken, die er in den Händen hielt, und drehte sich lächelnd um. Er hatte Cardin hereinkommen hören, musste sich jedoch erst einen Moment sammeln, ehe er sich wieder von ihr ablenken ließ. Denn genau das passierte jedes Mal. Und es störte ihn nicht im Geringsten. Im Gegenteil, es gefiel ihm.

„Du hast mich heute gefragt, was ich mir von unserer Abmachung verspreche.“ Als sie nickte, bemerkte er, wie müde sie war – ihre Augen waren gerötet, und sie schien sie kaum offen halten zu können. Ihr Haar fiel ihr zerwühlt auf die Schultern herab. Trey beschloss, dass sie das Thema jetzt nicht klären mussten. „Warum legst du dich nicht wieder hin? Ich werde es dir morgen erzählen."

„Nein, ich will es jetzt hören. Morgen hast du es vergessen oder findest einen Grund, es mir nicht zu erzählen."

Es war beinah beängstigend, wie gut sie ihn schon kannte. „Na schön. Ich fand, wenn ich mich an dich halte, finde ich vielleicht eher heraus, warum mein Vater und dein Großvater aneinandergeraten sind."

„Aber ich kenne den Grund nicht", sagte sie und setzte sich im Schneidersitz auf eine Kiste. „Ich bin mir nicht einmal sicher, ob Eddie es weiß. Es ist ein heikles Thema für ihn, auf das er schon zu oft angesprochen wurde."

Trey warf die Bremsbeläge in die Mülltonne. „Wenn er es wusste, glaubst du, er hat es deiner Mutter gesagt?"

„Natürlich." Sie drehte ihre Haare zu einem Pferdeschwanz zusammen, den sie über die Schulter warf. „Es sei denn, Jeb hat ihm das Versprechen abgenommen, niemandem etwas zu sagen. Aber selbst dann hätte Eddie mit Delta darüber gesprochen."

„Vielleicht weiß er wirklich nichts.“

„Ich glaube, es gibt nur eine Person, die weiß, was geschehen ist.“ Sie machte ein nachdenkliches Gesicht. „Und zwar die Person, die so viel von dir hält, dass sie dich bittet, White Lightning für das Moonshine-Rennen zu fahren.“

Es war wirklich sehr wahrscheinlich, dass ihr Großvater die Hintergründe kannte, und wenn es nötig war, für ihn das Rennen zu fahren … „Ich habe Jeb gesagt, dass ich heute vorbeikomme, um mir seinen Wagen anzusehen. Ich wollte hin, wenn du zur Arbeit musst.“

„Jeb hat dich nicht gefragt, ob du für ihn fahren willst, weil wir verlobt sind.“ Sie sprang von der Kiste, ging zu ihm und legte die Arme um ihn. „Er hat dich gefragt, weil du Butch Corleys Teamchef bist und er gern ein erfolgreicher Hund wäre wie Butch. Du warst also schon nah genug an der Informationsquelle und brauchtest mich überhaupt nicht, und deshalb hättest du dich auch nicht auf meinen Plan einlassen müssen.“

„Das stimmt schon, aber unsere Verlobung macht meine Informationsquelle noch wertvoller. Auf diese Weise erfahre ich alle Familiengeheimnisse.“

„Es bedeutet aber auch, dass du in sämtliche Familiendramen mit hineingezogen wirst.“

„Die Vorteile wiegen das auf." Er küsste sie auf den Kopf und wiegte sie in den Armen. „Du riechst verdammt gut."

„Oh, ich habe ganz vergessen, dir etwas zu erzählen." Sie sah ihm ins Gesicht. „Als ich nach Hause fuhr, um mich nach der Arbeit frisch zu machen, stand der Wagen meiner Mutter in der Auffahrt. Deshalb bin ich zu meiner Wohnung gefahren, um zu duschen. Nur für alle Fälle, verstehst du? Ich wollte Eddie und Delta nicht bei einer möglichen Versöhnung überraschen."

„Ich liebe es, wenn ein Plan funktioniert."

„Apropos", sagte sie und löste sich von ihm, „mein Plan sieht vor, jetzt wieder ins Bett zu gehen. Ich werde dir helfen, sobald ich meinen Schönheitsschlaf gehabt habe."

Er ließ sie gehen und folgte ihr nicht. Wenn er sich zu ihr legte, würde es Stunden dauern, bis sie Schlaf bekam. Sie musste morgen arbeiten und brauchte die Erholung. Aber Schönheitsschlaf? Wenn es allein um ihre Schönheit ging, bräuchte sie nie wieder zu schlafen.

Trey konnte sich nicht erinnern, wann er zuletzt bei Cardin zu Hause gewesen war. Wenn sie dort Partys gegeben hatte, wusste er jedenfalls nichts davon, denn wenn er eingeladen gewesen wäre, hätte er sich dort blicken lassen. Übrigens auch, wenn er nicht eingeladen gewesen wäre.

Das große zweistöckige Farmhaus der Worths war von knapp einem Hektar Land umgeben. Von der Straße aus war Jebs Garage nicht zu sehen. Trey folgte der Auffahrt bis hinters Haus und parkte hinter Cardins rotem Mini Cooper. So selten, wie sie Jebs Pick-up bis jetzt benutzt hatten, hätte Cardin ihn sich nicht leihen müssen. Allerdings war auch alles anders geplant gewesen ...

Trey war kaum ausgestiegen, als Jeb schon aus dem Haus kam und über den Rasen auf ihn zulief. Hinter ihm fiel die Fliegengittertür klappernd zu. „Ich habe schon fast nicht mehr mit dir gerechnet."

„Tut mir leid, mir lief die Zeit davon." Die Wahrheit lautete, dass Cardin ihn nicht hatte gehen lassen.

„Na, jetzt bist du ja hier." Jeb legte ihm die Hand auf die Schulter und führte ihn zur Garage.

Nachdem Jeb die Fiberglashaube angehoben hatte, verbrachten sie die nächste Stunde damit, den Motor eingehend zu untersuchen und über verschiedene Teile zu fachsimpeln, bevor sie ihn anwarfen und anhörten.

Es war erst zwei Tage her, seit Trey zuletzt an einem Rennwagen herumgeschraubt hatte, deshalb war er überrascht, wie sehr es ihm bereits gefehlt hatte. Er fragte sich, wie er es die nächsten Wochen und Monate ohne seine Arbeit aushalten sollte.

Er richtete sich auf, wischte sich die ölverschmierten Hände an einem roten Lappen ab und schüttelte den Kopf. „Ich muss damit fahren, um mir ein verlässliches Bild zu machen. Aber nach allem, was ich bisher gesehen habe, hast du da eine tolle Maschine."

Statt vor Stolz zu strahlen, stand Jeb neben seinem Chevy Nova und blickte auf den Motor. „Weißt du, es heißt, zum Sieger wird man geboren, nicht gemacht, aber das glaube ich nicht. Nimm zum Beispiel die Autos. Ein Motor, der in Detroit geboren wurde, wird nicht die gleiche Leistung bringen wie einer, der durch deine oder meine Hände zusammengebaut worden ist."

„Da widerspreche ich nicht", sagte Trey, wusste allerdings nicht recht, worauf Jeb hinauswollte.

Jeb stützte sich mit den Unterarmen auf die Karosserie des Wagens. „Dein Vater war ein guter Mann, Trey. Er hat sein Bestes gegeben, dich allein großzuziehen, und das kann nicht leicht gewesen sein. Trotzdem hat er einen Sieger aus dir gemacht."

Trey nahm das Kompliment mit einem kurzen Nicken zur Kenntnis, schwieg aber ansonsten. Wenn Jeb endlich bereit war, über den Streit zwischen ihm und Aubrey zu sprechen, könnte ein einziges gesprochenes Wort ihn dazu bringen, es sich doch wieder anders zu überlegen. Und das wollte Trey auf keinen Fall riskieren.

„Ich laufe hier unter Hochspannung herum, seit du gesagt hast, du würdest vielleicht für mich fahren." Jeb richtete sich zu voller Größe auf und sah Trey an. „Doch als ich erfuhr, dass du vorhast, meine Enkelin zu heiraten, fühlte ich mich, als würde ich fliegen."

Das war ganz und gar nicht das, was Trey zu hören erwartet hatte, deshalb war er froh, den Mund gehalten zu haben. „Freut mich, dass du unsere Pläne gutheißt. Ich weiß, dass Cardin deine Zustimmung wichtig ist. Ich wünschte nur, ihre Eltern hätten sich über die Neuigkeit genauso gefreut."

Jeb winkte ab. „Die beiden sind in letzter Zeit völlig neben der Spur. Achte gar nicht auf sie."

„Wenn du meinst." Trey verkniff sich ein Grinsen.

Jeb fing an, das Werkzeug wieder wegzuräumen, das sie benutzt hatten. „Ich finde, eine Feier ist angebracht."

„Eine Feier?"

„Ja, eine Verlobungsfeier. Wir können eure Verlobung und deinen Sieg beim Moonshine-Rennen zusammen feiern."

Für Jeb war das naheliegend, da ein Autorennen in

etwa die gleiche Bedeutung für ihn hatte wie die Zukunft seiner Enkelin. Cardin würde begeistert sein. „Hältst du das wirklich für eine gute Idee?“

Jeb schnaubte verächtlich. „Warum nicht?“

„Weil ich den Eindruck hatte, dass es in der Familie nicht nur zwischen Cardins Eltern Spannungen gibt.“

Jebs Miene verfinsterte sich. „Mein Sohn hat einfach keine Ruhe gegeben, da habe ich ihm gesagt, dass ich kein Wort mehr mit ihm reden würde, wenn er nicht aufhört. Und so ist es gekommen.“

Trey wagte sich vorsichtig weiter vor. „Nach allem, was ich hörte, gehen die Spannungen zwischen dir und Eddie auf den Streit zwischen dir und meinem Vater zurück.“

„Vielleicht. Vielleicht auch nicht.“ Jeb schob die Werkzeugschubladen zu und rollte die Kiste an die Wand. „Was an jenem Tag passiert ist, war eine Sache zwischen mir und Aubrey. Ich habe nicht vor, es zu erzählen, und Aubrey hat die Geschichte mitgenommen, als er vor seinen Schöpfer trat.“

Trey hätte gern weitergefragt, doch schwang in Jebs Worten etwas Endgültiges mit, deshalb ließ er es. Aber das Thema war für ihn nicht erledigt. Zu gegebener Zeit würde er einen neuen Versuch starten, die Wahrheit zu erfahren.

9. KAPITEL

Als Cardin um zehn nach vier in Jebs Pick-up auf den Parkplatz vor dem Headlights fuhr, fürchtete sie das, was kommen würde. Mit den Tischen würde sie fertig werden, aber ihren Eltern aus dem Weg zu gehen würde eine echte Herausforderung sein.

Ihr Ziel war es gewesen, dass ihre Eltern wieder miteinander redeten – und nicht, dass sie Cardin zusetzten. Aber das war wohl ein angemessener Preis dafür, dass die beiden sich zusammentaten, was offenbar der Fall war.

Zum ersten Mal seit Monaten hatten sie eine Nacht unter demselben Dach verbracht, und hier auf dem Parkplatz standen ihre beiden Autos nebeneinander. Diese beiden Anzeichen wertete Cardin als Fortschritt. Sie hatte gerade ihre Wagenschlüssel in der Handtasche verstaut, als die Hintertür des Restaurants aufging.

Sandy Larabie kam heraus und schob sich einen Kaugummi in den Mund. „Ich habe mich schon gefragt, ob du heute noch auftauchst, um mich abzulösen."

„Tja, nun bin ich hier, und du kannst guten Gewissens gehen."

Doch trotz ihrer Bemerkung schien Sandy es nicht

eilig zu haben. „Tater hat mir gestern Nacht die Neuigkeiten über euch erzählt. Da ist wohl eine Gratulation angebracht."

„Nur wenn du gratulieren möchtest", erwiderte Cardin und hängte sich ihre Handtasche um.

„Es spricht sich ziemlich schnell herum. Aber es kursieren auch Gerüchte und Fragen."

Auf Fragen war Cardin vorbereitet. Aber Gerüchte? Eine Schwangerschaft war der einzige mögliche Klatsch, der ihr in den Sinn kam, und da sie und Trey behaupteten, eine Fernbeziehung geführt zu haben, kam das kaum infrage. „Was denn für Gerüchte?"

„Dass deine Familie sich mit Trey verbündet."

„Zu welchem Zweck?"

„Damit die Wahrheit über den Streit zwischen seinem Vater und Jeb niemals ans Tageslicht kommt."

„So ein Blödsinn", entgegnete Cardin.

Sandy zuckte die Schultern. „Niemand glaubt, dass es um Geld ging, deshalb vermuten viele Leute, dass es ein Geheimnis zu wahren gilt."

„Nun, falls du versuchen möchtest, dem auf den Grund zu gehen, kannst du dir die Mühe sparen. Weder ich noch Trey wissen, was passiert ist. Und die Idee, dass wir uns wegen irgendeinem Geheimnis zusammenschließen, ist einfach lächerlich."

„Da bin ich mir nicht so sicher. Jeb hätte alle möglichen Leute fragen können, ob sie seinen Wagen im Moonshine-Rennen fahren wollen. Warum hat er bis zur letzten Minute gewartet und Trey gefragt?"

„Weil er der Beste ist und niemand das mit einem Wagen machen kann, was er macht."

„Kann sein, kann auch nicht sein."

„Vielleicht sollten die Leute das Naheliegendste denken, statt sich irgendwelchen Unsinn zusammenzureimen", sagte Cardin und fragte sich ernsthaft, was ein netter Kerl wie Tater Rawls in dieser Frau sah.

„He, gib dem Überbringer der Botschaft nicht die Schuld", beschwerte Sandy sich und ging auf ihren Wagen zu. „Ich wollte dich nur freundschaftlich vorwarnen."

„Vielen Dank." Natürlich hatte sie mit Gerüchten gerechnet; die entstanden nun einmal, wenn eine Verlobung bekannt gegeben wurde. Nur hatte sie nicht erwartet, dass es Spekulationen darüber geben würde, sie könnten aus anderen Gründen als aus Liebe zusammen sein.

Wenn dieser Klatsch alles nur noch schlimmer machte zwischen Delta und Eddie oder zwischen Eddie und Jeb, wäre das ganz allein ihre Schuld.

Sie musste mit Trey reden, und zwar sofort. Aber der war bei ihrem Großvater, und sie musste arbeiten, deshalb würde dieses Gespräch warten müssen.

Also verstaute sie ihre Handtasche in ihrem Spind, band sich ihre Schürze um und machte sich auf den Weg zur Küche. Doch ihre Mutter fing sie vor dem Büro ab, bat sie hinein und schloss die Tür hinter ihr.

„Ich weiß, es gibt viel zu tun, und es dauert auch nicht lange“, begann Delta. „Dein Vater und ich haben uns gestern Abend unterhalten.“

Du lieber Himmel, nach der Begegnung mit Sandy hatte ihr das noch gefehlt. „Ich nehme an, ihr habt noch mehr Einwände gefunden.“

„In gewisser Hinsicht, ja. Aber vergiss nicht, dass wir euch schon unseren Segen gegeben haben.“

„Also was ist los?“

„Ich weiß, dass Trey das Haus seiner Eltern renoviert, aber es gibt keinen Grund, weshalb ihr zwei eure Nächte dort verbringen müsst, wenn ihr schon nicht getrennt sein könnt.“ Delta ging um ihren Schreibtisch. „Es ist nicht so, dass ich prüde wäre, ich denke eher daran, wie unbequem das sein muss.“

Ja, dachte Cardin, viel Komfort gibt es dort draußen nicht, aber dafür hatte das Campieren seinen Reiz. Sie lehnte sich mit der Schulter gegen den Aktenschrank. „So schlimm ist es nicht. Außerdem leidet Trey ein bisschen an Schlaflosigkeit. Wenn er mitten in der Nacht aufwacht, geht er in die Scheune und arbeitet. Wenn er bei mir wohnen würde, könnte sein Kommen und Gehen Daddy und Jeb aufwecken."

„Sein Kommen und Gehen würde niemanden aufwecken, wenn ihr in deiner Wohnung wohnen würdet."

„Willst du etwa wieder zu Hause einziehen?", fragte Cardin verblüfft.

„Ja und nein. Ich habe mir überlegt, dass ich oben wohnen und dir und Trey deine Wohnung überlassen könnte."

Das war nicht ganz das, was Cardin hören wollte, aber schon nah genug dran, um ein breites Lächeln auf ihr Gesicht zu zaubern.

Ihre Mutter gab sich Mühe, es gleich wieder wegzuwischen. „Interpretiere bloß nichts da hinein. Ich bin nicht wieder mit deinem Vater zusammen."

„Bist du dir da sicher? Ich habe gestern Abend deinen Wagen dort gesehen."

Delta wurde rot. „Wir haben über dich und Trey gesprochen, das ist alles. Selbst wenn es so weit kommen sollte, dass ihr ein Leben führt, bei dem ihr ständig unterwegs seid, gibt es keinen Grund, es bis dahin hier unbequem zu haben."

„Dass du wieder zu Hause einziehst, soll also kein Signal sein, dass Daddy nicht zu haben ist?"

„Jetzt sag nicht, du schenkst diesen Gerüchten Glauben."

„Weghören kann ich schlecht. Aber nein, ich schenke ihnen keinen Glauben."

„Gut, denn Eddie und ich werden die Dinge auf unsere Weise klären. Und falls eine Zeit kommt, in der er wieder zu haben ist …" Sie wedelte mit der Hand. „Nun, jetzt ist diese Zeit jedenfalls noch nicht da."

Cardin wandte sich zum Gehen, aber da sie schon einmal mit ihrer Mutter sprach … „Es gibt noch andere Gerüchte. Über mich und Trey."

„Das überrascht mich nicht. Dahlia lebt von Klatsch und Tratsch." Delta setzte sich und nahm einen Stift in die Hand. „Machen sie dir zu schaffen?"

Da sie die Gerüchte bisher nur von Sandy gehört hatte, konnte sie diese Frage getrost mit einem Nein beantworten. „Man munkelt offenbar, Trey und ich würden nur deshalb heiraten, um durch den Zusammenschluss unserer Familien zu verhindern, dass die Wahrheit über den Streit ans Licht kommt."

Delta verzog das Gesicht. „Das ist ja lächerlich. Nur Jeb kennt die Wahrheit über den Streit, und er wird dieses Geheimnis genau wie Aubrey mit ins Grab nehmen."

„Dann weiß Daddy auch nicht, was passiert ist?"

„Den Grund für den Streit kennt er nicht, nein. Und daran, dass er sich damit abfindet, arbeiten wir gerade."

„Indem ihr miteinander schlaft?" Die Frage war Cardin einfach herausgerutscht und ließ ihre Mutter nach Luft schnappen.

„Cardin Serenity Worth. Das geht dich nichts an."

Cardin lachte, doch bevor sie noch eine weitere Bemerkung machen konnte, ging die Tür auf und Eddie kam herein. „Delta, hast du Cardin … Da ist sie ja. Willst du heute irgendwann noch mal zur Arbeit erscheinen?"

„Du bist schrecklich herrisch für einen Boss", erwiderte sie, gab ihm einen Kuss auf die Wange und zwinkerte ihm zu, bevor sie die Tür hinter sich schloss und ihre Eltern in dem kleinen Büro zurückließ.

Am liebsten hätte sie die beiden eingeschlossen, bis sie wieder glücklich verheiratet herauskamen. Dass sie miteinander redeten, war ein gutes Zeichen, auch wenn Cardin nicht unbedingt begeistert darüber war, dass sie über sie redeten.

Aber sie hatte diese ganze Geschichte eingefädelt, daher würde sie auch mit den Konsequenzen leben müssen. Und da zu diesen Konsequenzen ihre Nächte mit Trey zählten, konnte sie das sehr gut.

„Weißt du, was?“, rief Cardin, als sie um neun Uhr abends, noch immer in der Headlights-Uniform, hüpfend in die Scheune kam. Trey mochte die Uniform, denn das T-Shirt betonte ihre Brüste, und der kurze Rock brachte ihre langen Beine zur Geltung.

Aber dann fiel ihm ein, was der Grund dafür war, dass sie diese Sachen noch trug. „Du hast festgestellt, dass es kein Wasser für die Badewanne gibt.“

„Das macht nichts“, erwiderte sie mit einem strahlenden Lächeln. „Wir werden die Nacht in meinem Apartment verbringen.“

„Ich dachte, da wohnt deine Mutter.“ So verlockend es auch klang, in einem richtigen Bett zu schlafen, er würde keines mit Cardin teilen, wenn ihre Mutter nebenan auf der Couch schlief.

„Das stimmt, aber jetzt ist sie wieder nach Hause zurückgekehrt.“

„Dann hat dein Plan mit der Verlobung also tatsächlich funktioniert?“

„Noch nicht ganz. Sie behauptet, sie wohne nur dort, um uns einen Gefallen zu tun, damit wir nicht länger auf dem Fußboden schlafen müssen.“

Das war die beste Nachricht des Tages. „Diesen Gefallen nehme ich gern an.“

„Ich habe mir gedacht, dass du das sagen würdest. Wollen wir gleich los, oder hast du hier noch mehr zu tun?"

„Ich werde in dieser Scheune noch mindestens einen Monat lang zu tun haben, und die Arbeit läuft nicht weg." Trey schickte Cardin vor und schloss ab. Dann suchte er saubere Kleidung zusammen und ein paar persönliche Sachen, die er brauchte. Der Gedanke daran, in einem Bett zu schlafen, statt in einem Wohnwagen oder Schlafsack auf dem Fußboden, war schon herrlich, aber das Ganze wurde noch besser dadurch, dass er Gesellschaft haben würde.

Nachdem Cardins Eltern ihnen nur sehr widerstrebend ihren Segen gegeben hatten, überraschte ihn diese Geste von Cardins Mutter. Er vermutete, dass Deltas Angebot eher mit ihrem Wunsch zu tun hatte, wieder mit Eddie unter einem Dach zu wohnen.

Natürlich würde er einem geschenkten Gaul nicht ins Maul sehen, aber dieser plötzliche Wandel kam ihm doch ein wenig merkwürdig vor, zumal es darauf hinauszulaufen schien, dass Cardins Plan aufging.

Das Summen seines Blackberrys riss ihn aus seinen Überlegungen. „Trey Davis."

„Ich habe dir noch gar nicht gesagt, wo ich wohne, und jetzt bin ich schon unterwegs, sodass du mir nicht hinterherfahren kannst", erklärte Cardin.

Er lachte. „Wie kommst du darauf, dass ich nicht weiß, wo du wohnst?"

„Das hört sich an, als hättest du mich heimlich beobachtet.“ Es klang eher neugierig als vorwurfsvoll.

„Vielleicht habe ich deinen Namen gegoogelt.“

„Von mir existiert kein Eintrag, deshalb bezweifle ich, dass der Versuch irgendwelche Informationen zutage gefördert hätte.“

„Gib mir eine Minute, dann lasse ich mir eine bessere Erklärung einfallen.“

„Warum? Ist es dir peinlich, zuzugeben, dass du meine Adresse nachgeschlagen hast?“

„Nein, aber ich will nicht, dass du mich für einen Stalker hältst.“

Zögernd fragte sie: „Wann hast du meine Adresse denn nachgeschlagen?“

Er dachte einen Moment nach und bemerkte die beleuchtete Kirchturmspitze der Dahlia First Baptist Church in der Ferne. „Etwa um die Zeit, als du bei deinen Eltern ausgezogen bist.“

„Damals schon? Seitdem bist du über mich auf dem Laufenden?“

„Nicht direkt. Tater und ich sprachen bei einem meiner Besuche hier über dich, und er zeigte mir, wo du wohnst, als wir zufällig vorbeifuhren.“

„Hat er es dir gezeigt, als ihr vorbeigefahren seid, oder seid ihr vorbeigefahren, damit er es dir zeigen konnte?“

Trey lachte erneut. Ihre Skepsis amüsierte ihn. „Das weiß ich wirklich nicht mehr. Aber ich kann dir versichern, dass ich dich nicht heimlich beobachtet habe."

„Das werde ich dir wohl glauben müssen."

„Du kannst dich auf mein Wort verlassen. Das gehört zu den Dingen, die du als Verlobte über mich wissen solltest."

„Du lügst also nur, wenn ich dich darum bitte?"

Er hielt vor einer roten Ampel. „Ich werde dich nicht anlügen, okay? Einverstanden?"

„Danke. Es ist schön zu wissen, dass du mir gegenüber ehrlich sein wirst, auch wenn wir gar nicht richtig verlobt sind."

Es war spät, und es war schon dunkel. Cardin war nur eine Stimme am anderen Ende der Leitung, während er unterwegs zu ihr war. Trey war allein, niemand konnte ihn ablenken. Es gab keinen Grund, sich ihr nicht zu öffnen, außer dem, dass er damit möglicherweise auf die Nase fallen würde.

Er beschloss, es zu riskieren. „Ehrlich gesagt bin ich mir nicht mehr sicher, ob einiges davon nicht doch real ist."

Sie schwieg eine ganze Weile, aber er wusste, dass sie noch nicht aufgelegt hatte, denn er hörte sie atmen. Außerdem hörte er das Autoradio in ihrem Pick-up und das Röhren des Dieselmotors. Er wollte sie nicht zu einer Reaktion drängen, solange sie noch nicht bereit war, aber zu viel Zeit zum Nachdenken wollte er ihr auch nicht lassen.

Als sie endlich sprach, hielt er es vor Anspannung in der Kabine seines Pick-ups kaum noch aus. Cardins Stimme war sehr leise. „Ich habe mich schon gefragt, ob es nur mir so geht. Ich wollte nur nichts sagen."

Sein Puls beschleunigte sich, sein Herz pochte. „Warum nicht?"

„Ich bin mir nicht sicher", entgegnete sie, und er stellte sich vor, wie sie dabei die Schultern zuckte. „Wahrscheinlich hatte ich Angst davor, unnötig etwas in Gang zu setzen, falls du nicht dasselbe empfindest. Eine Verlobung vorzutäuschen ist auch ohne diesen zusätzlichen Druck schon schwer genug, und ich wollte einfach diese Chance nutzen, meine Eltern wieder zusammenzubringen."

Er konnte ihre Argumente gut verstehen und bewunderte sie sogar für ihre Selbstlosigkeit. Allerdings blieben die Dinge zwischen ihnen dadurch weiter unklar. „Wir sind uns also einig, dass die Verlobung nur gespielt ist."

„Ja", erwiderte sie, und er hörte, wie sie den Motor ihres Pick-ups ausstellte.

Trey war auch nicht mehr weit von ihrem Apartmentkomplex entfernt. „Aber das andere, diese Sache zwischen dir und mir …“

„Da ist etwas, nicht wahr?“, fragte sie leise.

„Ich glaube, schon.“ Er hatte zu viel Angst, um noch mehr zu sagen, denn sonst hätte er ihr womöglich seine Liebe gestanden. Ja, er liebte sie, die ganze Zeit schon, all die Jahre hindurch. Ständig hatte er an sie gedacht und sie begehrt. Er war zurückgekehrt, weil er die Distanz nicht mehr aushielt. Er liebte sie. Ja, er liebte sie.

Er musste sie haben. Sofort. „Wie lautet der Code vom Eingangstor?“

„Sechs, drei, sechs, sieben.“

Er tippte die Nummer ein und fuhr in die Siedlung, als das Tor sich öffnete. Das Handy hielt er weiter ans Ohr, deshalb hörte er weitere Geräusche im Hintergrund – das Klimpern der Wohnungsschlüssel, das Knarren der Tür, die geöffnet wurde, der Aufprall ihrer Handtasche auf dem Fußboden. Er hörte nicht, wie die Tür geschlossen wurde, sondern nur noch Cardins Atem, während sie auf ihn wartete.

Er parkte, stieg aus dem Wagen und schloss ab. Er war schon halb bei Cardin, als ihm einfiel, dass er seine Tasche in der Fahrerkabine vergessen hatte. Er ging nicht zurück, um sie zu holen, denn die Sachen waren ihm jetzt egal.

Das Wohngebäude lag ein Stück links vom Parkplatz, Cardins Tür war die drittletzte. Er sah sie in einem Rechteck aus Licht stehen, ihre Silhouette mit den langen Beinen, dem kurzen Rock und den offenen Haaren.

Anspannung erfasste ihn, und er beschleunigte seine Schritte. Als er bei ihr war, hob er sie auf die Arme, warf die Tür mit der Hacke zu und presste seine Lippen auf ihre.

„Wo ist dein Schlafzimmer?“, fragte Trey in ihrer Wohnung, als Cardin ihre Beine um seine Taille und die Arme um seinen Nacken schlang.

„Ich habe nur fünfzig Quadratmeter, also wirst du es wohl selbst herausfinden können“, sagte sie und deutete kurz nach links, um ihm einen Hinweis zu geben. Sie war aufgeregt, dass er tatsächlich bei ihr war.

Die Lampe, die sie im Wohnzimmer eingeschaltet hatte, war die einzige Lichtquelle, trotzdem fand er den Weg mühelos und trug Cardin ins Schlafzimmer, wo er sie auf das Bett warf und sich neben sie legte. Er schob ihr die Hand unter den Rock und fand die eine Beinöffnung ihres Slips. Eine kurze Berührung, und um ihre Selbstbeherrschung war es geschehen.

„Es gefällt mir, dass du immer feucht bist“, flüsterte er ihr ins Ohr.

„Du machst mich feucht“, gestand sie. „Es ist, als könnte ich es nicht erwarten, mit dir zusammen zu sein. Jedes Mal. So ist es mir noch nie ergangen. Ich sehe dich und kann nur noch daran denken, wie du mich berührst.“

„Das ist gut zu wissen, weil dich zu berühren zu den Dingen zählt, die ich am liebsten tue.“

„Und ich dachte, du berührst am liebsten Autos.“

„Ich berühre gern, was reagiert.“

Während der ganzen Zeit hatte er sie liebkost und gestreichelt, doch nun drang er mit dem Finger in sie ein, und Cardin bog sich ihm entgegen.

„Ja“, murmelte er, „genau so.“

„Es ist nicht schwer, zu reagieren, wenn du das machst“, flüsterte sie und zuckte ein wenig angesichts der Bewegung seines Fingers. „Und wenn du das machst.“ Als er begann, ihre kleine Knospe mit dem Daumen zu reiben, zuckte sie erneut. „Und ganz besonders, wenn du das machst.“

„Ich kann noch eine Menge anderer Dinge tun“, versprach er ihr und küsste dabei ihren Hals, bevor er zärtlich hineinbiss. „Aber dazu müsstest du dich ausziehen.“

Das wollte sie zwar auch, andererseits sollte er

nicht aufhören mit seinen erotischen Liebkosungen. „Ich ziehe mich aus, wenn du dich auch ausziehst."

„Genau das hatte ich vor, Liebes", entgegnete er und zupfte sacht an ihrem Ohrläppchen, ehe er sich abwandte.

Während er damit beschäftigt war, seine Stiefel auszuziehen, lief Cardin ins Bad, um zu duschen. Sie war bereits nackt, und das Wasser lief, als Trey zu ihr in das Badezimmer kam, das so klein und kompakt war wie der Rest der Wohnung.

Er stand nackt vor ihr, mit seinen breiten Schultern, den muskulösen Armen und den bemerkenswerten Bauchmuskeln. Seine Brust war mit feinen seidigen Härchen bedeckt, die dunkler waren als seine Kopfhaare.

Seine Beine waren stark, genau richtig, um sich behutsam zwischen ihre Schenkel zu drängen oder sie zu halten, während er sie an einen Baumstamm gelehnt nahm. Mit einem anerkennenden Lächeln stieg sie in die Duschwanne und überließ es ihm, den Vorhang hinter ihnen zuzuziehen.

„Hat dir nicht gefallen, was ich getan habe, dass du jetzt duschen willst?", erkundigte er sich.

Sie lachte. „Und wie. Aber ich rieche nach Fritten und Hamburgern."

„Du duftest nach dir."

„Und nach Burgern."

„Als meine Verlobte solltest du etwas wissen: Ich mag deinen Duft und wie du schmeckst. Ich mag deinen Schweiß und das Salz auf deiner Haut. Du musst nicht nach Seife oder Blumen duften, um mich zu erregen."

Sie drückte ihm kommentarlos einen Schwamm in die Hand und drehte sich um.

„Ah, jetzt begreife ich", sagte er und fing an, ihre Schultern und ihren Rücken einzuseifen. „Du brauchst bloß jemanden, der dir den Rücken schrubbt."

„Ich bekenne mich schuldig", sagte sie und verspürte einen sinnlichen Schauer, als er die Hand zwischen ihre Pobacken schob. „Aber das ist nicht mein Rücken."

„Es ist auch nicht dein Rücken, dem ich mich widmen sollte", erklärte er und schob die Hand tiefer zwischen ihre Schenkel.

Sie spreizte die Beine. „Sondern?"

Diesmal drang er mit dem Daumen in sie ein. „Ich glaube, ich habe es schon gefunden."

Das Spielerische, Unbekümmerte zwischen ihnen gefiel ihr, und am liebsten wäre es ihr gewesen, wenn es nie aufhören würde. Andererseits sehnte sie sich beinah verzweifelt danach, sein aufgerichtetes Glied tief in sich zu spüren, daher beugte sie sich hinunter und stützte sich mit beiden Händen auf den Wannenrand.

Trey stöhnte hinter ihr. „Ich habe kein Kondom."

„Ich nehme die Pille, und das Einzige, was du von mir bekommen kannst, ist Spaß. Falls du mir dasselbe zusichern kannst, dürfte alles in Ordnung sein."

Er streichelte ihren straffen Po mit beiden Händen und liebkoste mit seinen geschickten Fingern ihren sensibelsten Punkt. „Ja, das kann ich dir versprechen."

„Dann komm endlich zu mir. Bitte, ich will dich."

„Ich dachte schon, du würdest mich nie auffordern", erwiderte er, legte ihr die Hände auf die Hüften und drang quälend langsam in sie ein.

Sie reckte sich ihm entgegen, öffnete sich und nahm ihn in sich auf. Wie sehr sie es genoss, ihn nun in sich zu spüren – zärtlich, kraftvoll, fordernd. Cardin stemmte die Füße gegen die Seiten der Badewanne, stellte sich auf die Zehenspitzen und spreizte die Schenkel weiter, um ihn noch besser in sich aufnehmen zu können. Endlich war er tief in ihr, und sie spürte deutlich das Pulsieren seines Glieds.

Voller Lust und Begierde erwiderte sie jede seiner Bewegungen, während ihr Atem in immer kürzeren Stößen kam. Ihre Brüste fühlten sich schwer an, die Brustwarzen waren aufgerichtet.

Sie presste sich gegen ihn und passte sich seinem Rhythmus an, aber das reichte ihr nicht, daher wollte sie die Stelle selbst berühren, die sein Penis aus diesem Winkel nur streifte.

Trey war schneller. Ihre Finger fanden sich, und er ließ sich von ihr zeigen, wie er ihre kleine Knospe stimulieren musste. Cardin seufzte, als sie es gemeinsam auf die genau richtige Art und Weise taten, während sie sich immer stürmischer bewegten.

Ihr Seufzen wurde zu einem tiefen Stöhnen, als ihre Welt wegkippte und sie kam. Sie warf den Kopf hin und her, schrie auf und war selbst überrascht von der Heftigkeit des Höhepunktes.

In diesem Moment wurde ihr klar, dass sie Trey schon immer geliebt hatte und ihn bis zu ihrem Tode lieben würde. Sie stöhnte erneut, und er drang ein letztes Mal tief in sie ein, um dann einen Orgasmus zu erleben, der ihn schwindelig machte und der ihn immer wieder Cardins Namen rufen ließ.

Nachdem sie sich etwas beruhigt hatten, duschten sie rasch und liefen nass und voller Verlangen zurück zum Bett, um sich weiteren sinnlichen Vergnügungen hinzugeben.

10. KAPITEL

Eddie stand mit einem leeren Glas in der Hand an der Spüle in seinem Haus. Vor ihm auf der Arbeitsfläche befanden sich eine Tüte Milch und eine Flasche Hershey's-Schokoladensirup. Eigentlich wollte er sich einen Kakao zubereiten, aber beim Anblick von Cardins Mini Cooper draußen in der Auffahrt hatte er es vergessen.

Er mochte Kakao nicht einmal gern und verstand selbst nicht, warum er sich welchen anrühren wollte. Doch, er kannte den Grund. Es hatte mit Cardin zu tun und der Tatsache, dass sie nicht da war. Es hatte damit zu tun, dass sie in ihrer Wohnung mit Whip Davis schlief.

Natürlich war er froh, dass sie in einem Bett schlief statt auf dem Fußboden, aber sie war schließlich immer noch sein kleines Mädchen, und die Vorstellung, dass sie nicht allein schlief, war nur schwer zu ertragen.

Er fragte sich, wann sich das ändern würde und ob er damit besser zurechtkäme, nachdem er seine Tochter zum Altar geführt und Trey und sie den Bund der Ehe geschlossen hätten.

In den vergangenen vier Monaten hatte er es sehr genossen, sie zu Hause zu haben. Es erinnerte ihn an die Zeit, als sie noch zur Highschool ging, und an noch frühere Zeiten, als sie ein Kind gewesen war, das auf der Werkbank in der Werkstatt saß, während er und Jeb an White Lightning herumbastelten. Damals hatte er ihr abends in der Küche die Zeitung vorgelesen und ihre Fragen beantwortet, wobei er die Artikel entschärfte, die für eine Fünfjährige zu drastisch waren.

Der einzige Nachteil der Heimkehr seiner Tochter war, dass seine Frau es nicht miterlebte, weil die zur gleichen Zeit auszog. Deshalb wusste er auch nicht, was er davon halten sollte, als Delta vor einigen Stunden nach Hause kam und verkündete, sie habe ihre Wohnung aufgegeben, bevor sie hinauf in das Zimmer ihrer Tochter ging.

Eddie wusste immer noch nicht, was er davon halten sollte, aber wenigstens suchte er nach Antworten in einem Glas Kakao statt in einem mit Jack-Daniels-Whiskey.

„Ich wusste von eurem kleinen Geheimnis."

Beim Klang von Deltas Stimme erstarrte Eddie, drehte sich jedoch nicht um.

„Ich habe immer gehört, wie unsere Tochter aufstand. Ich habe euch zwei von der Küchentür aus beobachtet, wie du ihr aus der Zeitung vorgelesen hast, während sie ihren Kakao trank."

Er hörte, wie Delta näher kam. „Das ist lange her. Zwanzig Jahre. Und doch kommt es einem vor, als sei es erst gestern gewesen."

„Hast du vor zwanzig Jahren geglaubt, dass du heute noch in Dahlia leben würdest?"

„Ja. Im Haus meines Vaters? Vielleicht. Dass ich von meiner Frau getrennt bin? Nein. Dass ich zusehe, wie meine Tochter sich den Mann aussucht, den sie heiraten will? Auch nicht." Er schüttelte den Kopf, und alles kam ihm plötzlich unendlich schwer vor. „Niemals."

„So ist das Leben nun mal", sagte Delta und trat neben ihn.

„Ich bin mir nicht sicher, ob mir das gefällt."

„Wenn alles so liefe, wie man es gern hätte, wäre es doch langweilig", meinte sie. „Du würdest doch nur träge und fett werden, wenn alles nach deiner Nase ginge, und so kann ich mir dich beim besten Willen nicht vorstellen."

„Kannst du dir mich alt vorstellen?"

„Alt? Nein, ich glaube nicht." Sie strich sich die Haare aus dem Gesicht und hielt sie einen Moment hoch, bevor sie sie losließ. „Wir sind erst seit einigen Monaten getrennt, aber alt fühle ich mich nicht."

Eddie wünschte, er hätte dieselbe Einstellung. Aber da waren seine Schmerzen und die Müdigkeit.

Er fühlte sich kaputt, körperlich wie seelisch. Noch nie hatte er sich so erschöpft und einsam gefühlt. „Ich schon. Ich fühle mich alt und ausgelaugt."

Sie legte ihm den Arm um die Schultern und schmiegte den Kopf an ihn. Im Fenster sah er ihr Lächeln, das er immer so sehr geliebt hatte. „Du bist seit Monaten deprimiert, und das ist kein Wunder, schließlich hast du drei Operationen hinter dir. Du hast mehr Medizin schlucken müssen, als so manches Pferd vertragen hätte. So etwas geht an niemandem spurlos vorüber."

Sie legte ihm die Hände auf die Schultern und drehte ihn zu sich, damit sie ihm ins Gesicht sehen konnte. Ihre Augen waren groß und blau, und als er Tränen darin schimmern sah, zog sich alles in ihm zusammen.

„Du, Eddie Worth, bist ein wundervoller Mann. Ich kenne dich schon so viele Jahre, und ich weiß, du kommst früher oder später wieder auf die Füße. Nichts und niemand wird mich von dieser Überzeugung abbringen."

Er fragte sich, womit er diese Frau, die mehr Vertrauen in ihn hatte als er in sich selbst, verdient hatte. Und das nach all dem, was er ihr im vergangenen Jahr zugemutet hatte. „Ich bin froh, dass wenigstens einer von uns beiden noch Hoffnung in mich setzt."

„Du redest, als stündest du schon mit einem Bein

im Grab."

„Ehrlich gesagt fühle ich mich meistens auch so."

Sie umfasste sein Gesicht und sah ihm tief in die Augen, ehe sie seine Hand nahm und ihn zum Küchentisch führte, wo sie so viele Mahlzeiten gemeinsam als Familie eingenommen hatten.

An diesem Tisch hatten sie mit Cardin buchstabieren geübt, und Eddie hatte vom letzten Rennen mit White Lightning erzählt. Hier hatten sie beratschlagt, wo sie die Ferien verbringen würden und wie sie das Geld, das sie eingenommen hatten, verwenden sollten.

Eddie saß auf seinem üblichen Platz, und Delta saß neben ihm, ein wenig zur Seite gedreht, damit sie ihn ansehen konnte. Dadurch berührten sich ihre Knie. „Ich finde, du solltest es ruhiger angehen lassen. Nicht wegen deines Alters, sondern weil du dir nicht genug Genesungszeit gegönnt hast. Du bist viel zu früh wieder arbeiten gegangen, dadurch konntest du dich mental nicht von dem Unfall erholen."

Zu Hause zu bleiben und nichts zu tun hatte ihn wahnsinnig gemacht. Er hielt es nicht aus, die Wände anzustarren oder sich vor den Fernseher zu setzen. Lesen konnte er auch nur ein paar Stunden, dann musste er raus und sich bewegen. „Das sagt jeder. ‚Nimm dir Zeit, um wieder richtig gesund zu werden.‘ Aber die sind auch nicht zum Nichtstun verurteilt und werden langsam irre.“

„Du bist stets geduldig gewesen mit mir, mit Cardin und sogar mit deinem Vater. Nur mit dir selbst hast du keine Geduld.“

„Mit zu viel Geduld erreicht man nichts.“

„Aber wenn man zu ungeduldig ist, brennt man aus.“

Sie hatte recht, aber er auch, nur wusste er nicht, was er mit dieser Erkenntnis anfangen sollte. „Wenn ich weniger arbeite, was soll ich dann mit meiner Zeit anfangen?“

„Du könntest tun, was du immer wolltest.“

Das stimmte nicht ganz. „Ich könnte nicht mehr mit White Lightning Rennen fahren.“

„Nein, aber du könntest wieder mit deinem Vater an dem Wagen arbeiten.“

Mit seinem Vater, der sich weigerte, ihm das zu erzählen, was er am dringendsten zu wissen begehrte.

Genau damit aber würde Eddie sich arrangieren müssen. Die Dinge würden nie mehr so sein wie vor dem Unfall. Doch wenn er irgendeine Beziehung zu seiner Familie aufrechterhalten wollte, musste er sich mit seiner Vergangenheit abfinden.

„Würdest du denn zu mir zurückkehren, wenn ich mir Zeit nähme, wieder zu mir zu kommen, und wenn ich mich mit Jeb ausspreche?“

Bis jetzt hatte Delta ihn berührt und ermutigend angesehen, doch nun wich sie zurück und saß aufrecht auf ihrem Platz. „Ich liebe dich, Eddie. Du bist der einzige Mann, den ich jemals geliebt habe.“

„Aber?“, fragte er, während Angst in ihm hochkroch. Er würde nicht imstande sein, irgendetwas zu tun, wenn sie nicht an seiner Seite wäre. Sie war seine andere, seine bessere Hälfte. Für sie würde er sterben. Ohne sie auch.

„Ich werde dich nicht verlassen, aber ich muss wissen, dass sich deine Situation ändert – unsere Situation –, bevor ich zu dir zurückkomme. Noch eine Trennung ertrage ich nicht. Wenn ich zurückkomme, dann war's das. Dann werde ich nie wieder gehen.“

Eddie wollte sie auch kein weiteres Mal verlieren. Es nagte an ihm, dass er sie vertrieben hatte, doch die Vorstellung, sie könnte nicht zurückkommen … „Heißt das, du wirst vorerst weiter in Cardins Apartment wohnen?“

Sie schüttelte den Kopf. „Jetzt, wo sie dort mit Whip wohnt, wohl eher nicht. Vielleicht nehme ich mir im selben Komplex eine Wohnung oder im Bristol House, falls Cardin das zu nah ist.“

Diese Orte waren alle viel zu weit weg. „Du könntest hier wohnen. Oben, genau wie Cardin es gemacht hat."

„Hältst du das für eine gute Idee?", fragte sie mit jenem Blick, der ihm signalisierte, dass sie ihn genau durchschaut hatte.

„Ich schleiche mich auch nicht in dein Bett."

„Na, ich bin mir nicht so sicher, ob ich mich nicht nach unten in deines schleichen werde."

Wenn sie es täte, würde er nicht Nein sagen, denn er wollte sie in seinem Bett. Er brauchte sie. Aber zu hören, dass sie ihn nie verlassen würde …

Er musste ihr vertrauen, aber vor allen Dingen musste er wieder Vertrauen in sich selbst fassen, und dazu musste er seine eigenen Entscheidungen treffen und seinen eigenen Weg gehen.

Da er einen Moment für sich allein zum Nachdenken brauchte, stand er auf und stellte die Milch und den Schokoladensirup zurück in den Kühlschrank. Er sprach, bevor er sich zu seiner Frau umdrehte, und er hoffte, dass der Themenwechsel ihn gedanklich von dem harten Weg, der vor ihm lag, ablenken würde. „Ich glaube, wir sollten uns langsam über die Hochzeitsgeschenke unterhalten. Eine Reise, ein bisschen Geld, einen Grund, sich hier in Dahlia niederzulassen."

„Wenn Whip wieder unterwegs ist, werden wir Cardin kaum hier halten können. Aber wenn wir genug Geld hätten, würde ich die zweieinhalb Hektar Land kaufen, die Ahsan Wazir im Osten der Stadt zum Verkauf anbietet."

„Ich habe das Geld", verkündete Jeb, der in diesem Moment die Küche betrat, zu ihrer beider Erstaunen.

Eddie fragte sich, wie lange sein Vater schon im Wohnzimmer war und ob er ihre Unterhaltung belauscht hatte.

„Aber es steht noch etwas anderes zum Verkauf, was den beiden einen besseren Grund zum Bleiben geben würde."

„Was denn?", wollte Eddie wissen.

Sein Vater lächelte verschmitzt. „Der Dahlia Speedway."

„Ich habe vergessen, dir zu sagen, dass dein Großvater sich eine Feier wünscht."

„Was?" Cardin richtete sich unvermittelt auf. Sie war gerade dabei gewesen, einen Schrank unter Treys Küchenspüle zu reinigen, deshalb stieß sie sich den Kopf und rieb sich verärgert die Beule. „Was meinst du damit?"

„Er wünscht sich eine Verlobungsfeier. Er will unsere Verlobung und meinen Sieg im Moonshine-Rennen zusammen feiern."

Eine Party im Headlights, um White Lightnings

Abschneiden im Rennen zu feiern, war ein jährlich wiederkehrendes Ereignis. Aber eine Verlobungsfeier? Cardin blieb in der Hocke. „Doch nicht etwa eine Feier mit Geschenken?"

Trey hielt den Blick auf ein mit Notizen beschriebenes Stück Papier gerichtet. „Von Geschenken war nicht die Rede."

Das war nicht gut. Sie stand auf. „Wir dürfen nicht zulassen, dass die Leute Geschenke mitbringen, Trey. Das dürfen wir einfach nicht."

„Dann müssen wir es ihnen sagen."

Sie setzte sich an den Tisch und schlug die Hände vors Gesicht. „Was für ein Schlamassel."

„Lügen können Schlamassel anrichten", bemerkte er weise.

„Das weiß ich. Deshalb habe ich ja auch alles sorgfältig geplant. Aber an eine Verlobungsfeier habe ich überhaupt nicht gedacht. Wahrscheinlich habe ich geglaubt, alle würden wissen, dass wir ihnen die Verlobung nur vorspielen." Das klang so dämlich, dass sie stöhnte. „Wenn wir das hinter uns haben, werde ich nie wieder lügen."

Sie hob den Kopf und sah zu Trey, der am anderen Ende des Tisches saß und Unterlagen aus einem großen Aktenkarton seines Vaters sortierte. Sie hatten beschlossen, heute einmal nicht in der

Scheune zu arbeiten, sondern im Haus zu bleiben, weil es ihnen in der Scheune schwerfiel, sich zu konzentrieren.

Hier im Haus war es heute Morgen allerdings nicht viel besser gewesen. „Wir müssen dafür sorgen, dass alle wissen, dass es noch keinen Termin für eine Trauung gibt, dass wir kein Zuhause haben und deshalb auch keine Geschenke unterbringen können und so weiter. Also keine Geschenke. Absolut keine Geschenke."

Er sah noch immer nicht auf. „Viele Leute schenken Geld."

„Das geht auch nicht. Wir können kein Geld annehmen." Das Kinn in eine Hand gestützt, trommelte sie mit den Fingern auf die Tischplatte. „Ich muss Jeb sagen, dass wir keine Feier wollen."

„Lass uns nichts überstürzen."

„Wie meinst du das?"

„Na ja, wir könnten durchaus eine Feier veranstalten und die Geschenke annehmen, wenn es eine echte Verlobung wäre", erklärte er, noch immer scheinbar in die Papiere vor ihm auf dem Tisch vertieft.

Cardin wurde fast schwarz vor Augen. „Was hast du da eben gesagt?"

Er warf die Papiere in den Karton, verschränkte

die Finger hinter dem Kopf und kippelte grinsend mit seinem Stuhl. „Du hast mich schon richtig verstanden."

Sie wurde nicht schlau aus ihm. „Eine echte Verlobung würde bedeuten, dass wir heiraten wollen."

Er hob eine Braue. „Und wenn wir das tun?"

„Heiraten?"

„Darüber reden wir hier doch gerade, oder?"

„Ich habe keine Ahnung, worüber wir hier reden, Trey Davis." Ihr Herz pochte vor Aufregung so heftig, dass es beinah schmerzte. „Aber ich weiß, dass ich gleich die beiden Stuhlbeine unter dir wegtrete, wenn du es mir nicht sofort erklärst."

„Du hast mir letzte Woche einen Heiratsantrag gemacht." Er machte eine Pause, und Cardin hätte beinah geschrien, ehe er fortfuhr: „Den nehme ich an."

Bleib ruhig, ermahnte sie sich im Stillen. „Ich habe dich gebeten, dich als meinen Verlobten auszugeben, um auf diese Weise meine Eltern wieder zusammenzubringen."

„Ich weiß, und ich war einverstanden, dir zu helfen. Aber auf deinen Antrag habe ich bis jetzt nicht reagiert."

Ruhig, ganz ruhig. „Und jetzt fällt das irgendwie auf mich zurück."

Er lachte. „Weißt du, Cardin, dafür liebe ich dich. Du bist stets misstrauisch und wachsam."

Sie hörte ihm gar nicht mehr richtig zu. „Hast du eben gesagt, du liebst mich?"

„Ja, das habe ich."

„Und du willst, dass wir richtig verlobt sind?"

„Stimmt."

„Du nimmst meinen Heiratsantrag an?"

„Das tue ich."

Fassungslos starrte sie ihn an. In ihrem Magen fuhr gerade irgendjemand Achterbahn. In ihrem Kopf auch.

Trey stellte die anderen beiden Stuhlbeine wieder auf den Boden und stand auf. Er ging zu ihr, drehte ihren Stuhl um und sank vor ihr auf die Knie. „Erinnerst du dich an diese Geschichte, die wir uns ausgedacht haben? Mit unserer Fernbeziehung?"

„Du meinst die Lüge?"

„Genau die." Er ergriff ihre Finger, die sie in ihren Oberschenkel bohrte. „Allmählich glaube ich, dass ziemlich viel Wahrheit darin steckt. Bei unserer Fernbeziehung ging es nicht um die Meilen, die uns trennten, sondern um die Jahre."

Er wirkte so nachdenklich und aufrichtig, dass es beängstigend war und sie den Blick zur Decke heben musste, weil ihr Tränen in die Augen traten.

„Seit ich aus Dahlia weggegangen bin, hatte ich keine ernste Beziehung. Als du letzte Woche im Corley-Trailer aufgetaucht bist, wurde mir der Grund dafür klar.“

Sie schüttelte den Kopf, nicht weil sie nicht hören wollte, was er sagte, sondern um nicht wie eine Närrin loszuplappern.

„Ich verstehe nicht, warum wir auf der Highschool nie zusammen waren …“

„Auf der Highschool haben wir nicht einmal miteinander geredet“, erinnerte sie ihn und fand selbst, dass ihre Stimme einen hysterischen Unterton hatte.

„Das weiß ich. Einerseits möchte ich am liebsten darüber lachen, wie dumm ich damals gewesen bin, andererseits ist es traurig, wie viel Zeit wir verschwendet haben. Aber dann denke ich, dass all das Warten und die Entfernung …“ Er hielt inne, um sich zu räuspern. „All dies war genau das, was unsere jetzige Beziehung erst zum Leben erwachen ließ.“

Cardin schloss die Augen. Mit so etwas hatte sie nie und nimmer gerechnet, hatte sich nicht einmal vagen Hoffnungen hingegeben. Dass Trey nun vor ihr kniete … Sie schluchzte unwillkürlich auf.

„Sieh mich an, Cardin“, forderte er sie auf und hob ihr Kinn. „Sie mich an, Liebes.“

Es fiel ihr unendlich schwer, aber sie tat es trotzdem.

Die Tränen, die sie zurückzuhalten versucht hatte, liefen ihr nun über die Wangen. Sie machte sich gar nicht erst die Mühe, sie wegzuwischen.

„Mir ist es seit Jahren ernst mit dir, nur ist es mir erst in den letzten Tagen klar geworden. Als ich darüber nachdachte, wieder aus Dahlia wegzugehen und dich zu verlassen ...“ Diesmal musste Trey schlucken, und seine Stimme klang verdächtig rau. Er bekam sogar feuchte Augen. „Ich kann es nicht. Ich will dich bei mir haben, denn ich brauche dich. Und es ist mir egal, ob wir ein Leben unterwegs führen oder hier, Hauptsache wir sind zusammen und du bist meine Frau. Ich liebe dich, Cardin. Willst du mich heiraten?“

Damit war es um sie geschehen. Sie warf sich ihm in die Arme und ließ den Tränen freien Lauf. „Ich liebe dich auch, Trey. Ich glaube, ich habe dich schon immer geliebt. Wahrscheinlich bin ich deshalb geblieben, als ich dich und Kim sah.“

„Wolltest du ihren Platz einnehmen?“

„Nein, ich wollte ihr einen Kinnhaken verpassen.“

Trey lachte und setzte sie wieder auf ihren Stuhl. Er fuhr sich mit dem Handrücken über die Augen, während sie sich mit ihrem T-Shirt die Tränen trocknete. Jetzt lachten sie beide, beschwingt von der Erkenntnis, dass die Liebe des anderen erwidert wurde.

„Du hast mir noch keine Antwort gegeben“, erinnerte Trey sie schließlich.

„Du lieber Himmel, ja. Natürlich werde ich dich heiraten.“ Er war alles, was sie wollte – ihn und keinen anderen. Wenn dies ein Traum war, sollte der nächste Morgen nie kommen.

„Dann ist es also in Ordnung, wenn die Leute Geschenke mitbringen“, sagte Trey, und sie gab ihm einen Klaps auf die Schulter.

„Du willst bloß das viele Geld nicht wieder zurückgeben müssen.“

„Oh ja“, gestand er, „diese Vorstellung macht mich ganz krank.“

Cardin hatte schon Bauchschmerzen vom vielen Lachen. „Oh Trey, ich kann nicht glauben, dass wir wirklich verlobt sind. Ich werde heute Abend bei der Arbeit schweben, und Sandy wird mich löchern, was denn mit mir los ist.“

„Erzähl ihr einfach, du hattest tollen Sex.“

„Na ja, das wäre nach den letzten Tagen nicht einmal übertrieben. Was ist übrigens mit deinem Haus? Willst du es nach wie vor verkaufen?“

„Warum sollte ich das nicht mehr wollen?“, entgegnete er.

„Ich dachte, du würdest es vielleicht behalten wollen, damit wir ein Zuhause haben, wenn wir hier sind.“

Er schüttelte den Kopf. „Wir werden ein eigenes Haus haben. Sollte sich dieses Haus nicht verkaufen lassen, werde ich es abreißen und ein neues auf diesem Grundstück bauen." Lächelnd fügte er hinzu: „Wir werden uns schon etwas einfallen lassen. Zeit genug haben wir."

Zeit und so viel, worüber wir sprechen müssen, dachte sie. Zum Beispiel darüber, wann sie heiraten würden und wie die Hochzeit aussehen sollte. Wollten sie die lange Verlobungszeit fortsetzen, oder sollte sie schon bald Cardin Davis sein?

„Ich kann nicht glauben, dass wir heiraten werden."

„Lauf nicht los und erzähl es allen, denn die Leute denken ja bereits, dass wir heiraten."

„Stimmt", sagte sie und tat so, als würde sie schmollen.

„Tut mir leid, dir den Wind aus den Segeln zu nehmen, Süße, aber wir haben den Leuten nun schon etwas vorgeschwindelt."

„Vom Schwindeln habe ich vorerst genug. Leider muss ich weiterhin meinen Lebensunterhalt verdienen, deshalb sollte ich mich langsam auf den Weg zur Arbeit machen." Sie stand auf.

Trey stand ebenfalls auf. „Ich wollte mich vielleicht später mit Tater im Headlights treffen, nachdem dein Großvater und ich einen Probelauf mit White Lightning absolviert haben.“

„Ist das ein Männerabend, oder möchtest du meine Gesellschaft?“

„Deine immer.“

„Dann bis später.“ Sie gab ihm einen Kuss und ging zur Tür.

„He“, rief er ihr hinterher, und als sie sich umdrehte, stand er mit ausgebreiteten Armen da. „Ist das alles, was ich bekomme?“

„Du bekommst noch viel mehr, wenn du endlich deine Papiere sortiert hast.“

„Das habe ich sechs Monate lang aufgeschoben, da spielen sechs Minuten auch keine Rolle mehr“, konterte er.

„Ich finde, die solltest du nicht auch noch verschwenden“, erwiderte sie und verließ das Haus. Sie eilte gut gelaunt und frohen Herzens die Stufen hinunter und zum Pick-up ihres Großvaters.

Cardin Worth Davis. Mrs Davis. Nichts hatte sich je so gut angehört, so wundervoll und so richtig.

11. KAPITEL

Die sechs Minuten, die Cardin für Zeitverschwendung gehalten hatte, waren nicht das Problem. Es waren die folgenden sechzig Minuten, die Treys Leben auf den Kopf stellten, denn in dieser Zeit entdeckte er in dem Karton mit den Papieren seines Vaters einen Zeitungsausschnitt, der ihn völlig aus der Bahn warf.

Benommen stand er auf, außerstande, noch einen klaren Gedanken zu fassen, und vollkommen überrascht, plötzlich auf das gestoßen zu sein, wonach er gesucht hatte – den Grund für den Streit zwischen Aubrey und Jeb.

Und dieser Grund hatte nichts mit Geld zu tun.

Es ging um einen Mord.

Die Schlagzeile aus dem Jahr 1939 sagte alles: *Verdächtiger Todesfall in Dahlia.* Der Artikel lieferte die dazugehörigen Fakten. Die Leiche von Emmett Davis, Treys Urgroßvater, war vor dem Haus seines Freundes – Cardins Urgroßvater – Orin Worth gefunden worden. Obwohl Trey wusste, dass die beiden während der Prohibition eine Schwarzbrennerei betrieben hatten, wurde dieses illegale Unternehmen in dem Artikel mit keinem Wort erwähnt.

Die Polizei führte die Kopfverletzungen, die zu

Emmetts Tod geführt hatten, auf einen Sturz zurück, was der Geschichte entsprach, die Trey sein ganzes Leben lang zu hören bekommen hatte. Doch darüber hinaus lieferte der Zeitungsartikel Fakten, die ihm bisher unbekannt gewesen waren. Eine Zeugin, deren Name nur mit „Trixie“ angegeben war, wurde mit den Worten zitiert: „Bei Emmetts Sturz hat jemand nachgeholfen. Ich habe das Stück Holz gesehen, das ihn um die Ecke gebracht hat.“

Die Polizei ging dieser Behauptung, Emmetts Sturz sei kein Unfall, sondern Mord gewesen, nicht nach, weil die Frau wegen ihrer Vorliebe für dicke Zigarren, starke Männer und Schnaps nicht als zuverlässig galt.

An und für sich war der Zeitungsausschnitt ziemlich harmlos, doch Trey fand ihn beunruhigend. Es wurde kein Verdacht gegen irgendwen geäußert, nur die Umstände infrage gestellt, die zum Tod von Treys Urgroßvater geführt hatten. Doch die handschriftliche Bemerkung seines Vaters unter dem Artikel jagte ihm einen kalten Schauer über den Rücken.

Aubrey hatte geschrieben: *Trixie = Mrs Orin Worth.* Einerseits war Trey überrascht, dass sein Vater irgendwie herausgefunden hatte, was aus Cardins Urgroßmutter geworden war, andererseits fiel es ihm nicht schwer, das zu glauben, denn er hatte oft genug gehört, die Frau sei einfach verschwunden.

Was Trey besonders verstörte, waren die nachfolgenden Notizen, die Aubrey unter den Artikel geschrieben hatte, als wollte sein Vater seine Gedanken ordnen: *Frag Jeb nach dem Mord, er kennt die Wahrheit. Bin sicher, er war da.* Es gab keinen Hinweis darauf, wie Aubrey an den Zeitungsartikel gekommen war und ob noch andere Quellen zu seinen Schlussfolgerungen beigetragen hatten.

Momentan war es Trey auch gleichgültig, woher die Informationen stammten, denn die Notizen seines Vaters deuteten darauf hin, dass Cardins Großmutter recht gehabt hatte und dass Jeb die genauen Umstände des Mordes an Emmett kannte. Aber keiner der Männer hatte je ein Wort darüber verloren.

Trey steckte den Artikel ein und stürmte aus dem Haus zu seinem Pick-up. Die Fahrt bis zum Dahlia Speedway dauerte zwanzig Minuten. Sosehr er sich auch wünschte, endlich die Wahrheit zu erfahren, so sehr fürchtete er die bevorstehende Konfrontation.

Bis auf ein paar Bauarbeiter, die am Zaun hinter den Erfrischungsständen arbeiteten, den wenigen Autos, die dem Verwaltungspersonal gehörten und dem Betrieb in der Werkstatt von Morgan and Son's, war der Speedway verlassen. Trey hatte keine Mühe, Jeb zu finden.

Der alte Mann hatte den Rennwagen mit Eddies Quad, einer Art Motorrad mit vier Rädern, zur Rennstrecke gefahren. Als er Trey entdeckte, winkte er ihn zu sich. „Steig auf."

Die Unterhaltung, die zwischen ihnen fällig war, würden sie nicht unter dem Motorenlärm des Quads führen können. Da Trey nicht wusste, wie er anfangen sollte, zog er einfach den Zeitungsausschnitt aus der Tasche und hielt ihn Jeb hin.

Jeb las die Worte, die Aubrey unter den Artikel geschrieben hatte, dann stellte er den Motor aus. Die plötzliche Stille war erstickend und voll unausgesprochener Fragen und Vorwürfe. Trey steckte den Zeitungsausschnitt wieder ein. Jeb ließ die Schultern hängen und blickte in die Ferne.

Er schüttelte den Kopf, eine Geste, die zu besagen schien, dass er sich schon lange gefragt hatte, wann dieser Tag wohl kommen würde. „Lass uns erst dieses Rennen hinter uns bringen, bevor wir über die Sache reden."

„Nein", sagte Trey. „Es wird kein Rennen geben, ehe wir nicht darüber gesprochen haben."

„Ich war damals neun Jahre alt", begann Jeb, fuhr sich mit dem Daumen über die Handfläche der anderen Hand und hielt den Blick gesenkt. „Und das Ganze ist siebzig Jahre her. Doch noch immer spüre ich die Splitter von dem Holzstück."

„Moment mal.“ Trey fühlte das Blut durch seine Adern rauschen. „Du hast ihn umgebracht? Du bist derjenige, von der die Zeugin in dem Artikel – deine Mutter – spricht? Und das hast du für dich behalten?“

„Ich wollte weder das eine noch das andere. Ich war ein Kind.“

„Das sind Entschuldigungen, keine Erklärungen“, sagte Trey. „Ich finde, ich verdiene eine Erklärung, schließlich war es mein Urgroßvater, der gestorben ist.“

Die Stille lastete schwer auf ihnen, während Trey wartete, bis Jeb endlich sprach.

„Was weißt du über Emmett Davis, Trey?“

Dank dir sehr wenig, hätte er am liebsten geantwortet. „Ich weiß, dass er zusammen mit deinem Vater eine Schwarzbrennerei betrieb und Diamond Dutch Boyle hergeschickt wurde, um die beiden zu stoppen. Ich weiß, dass du derjenige warst, der Boyles Wagen fünfzehn Jahre später in der LaBrecque-Schlucht entdeckte. Aber das alles weiß ich nur wegen der Tafel, die im Headlights hängt. Emmett Davis lebte nämlich nicht lange genug. Er war erst achtunddreißig, als du ihn umgebracht hast.“

Jeb schwang sich vom Sitz des Quads, drückte die eine Hand auf den unteren Teil seines Rückens und schob sich den Cowboyhut aus der Stirn. „Vielleicht können wir uns irgendwo darüber unterhalten, wo wir ungestört sind."

Trey schaute sich um, konnte aber niemanden in Hörweite entdecken. „Ungestörter als hier geht es kaum."

„Dann sollten wir uns wenigstens in einen der Wagen setzen. Ich kann nicht so lange stehen, wie es dauern wird, die Geschichte zu erzählen."

Dagegen hatte Trey nichts einzuwenden, deshalb bedeutete er Jeb, voranzugehen. Jeb entschied sich für Treys Pick-up und stieg auf der Beifahrerseite ein, während Trey sich hinters Steuer setzte. Er bemerkte einen glänzenden Schweißfilm auf dem Gesicht des älteren Mannes. „Soll ich die Klimaanlage einschalten oder die Fenster aufmachen?"

„Es reicht, wenn du die Fenster öffnest." Jeb nahm seinen Hut ab, fuhr sich durch die Haare und sah geradeaus durch die Windschutzscheibe. „Ich nehme an, du hast gedacht, dein Dad wollte sich Geld von mir leihen, um seine Spielschulden zu begleichen. Ich weiß, dass du das für ihn erledigt hast. Er überschrieb dir das Haus in Dahlia und verließ die Stadt."

„Ich bin nicht hergekommen, um über meinen Vater zu sprechen."

„Doch, das bist du. Dein Vater ist der Grund, weshalb du hier bist."

Wortklaubereien, dachte Trey. Er war hier wegen des Streits zwischen seinem Vater und diesem Mann und wegen der Entdeckung seines Vaters. Und weil Trey der letzte lebende Davis war, schuldete dieser Mann ihm Antworten. „Ich bin nach Dahlia zurückgekommen, um seinen Nachlass zu ordnen, das Haus zu renovieren und, ja, möglichst etwas über den Streit zwischen euch herauszufinden. Und nach dem, was ich bisher herausgefunden habe, frage ich mich, warum ich nicht zur Polizei gehe, statt mit dir hier zu sitzen."

„Du tust genau das, was dein Vater auch getan hat. Du bist ihm ähnlicher, als du denkst."

Wenn das bedeutete, dass weder sein Vater noch er je zufrieden waren, bevor sie einer Sache auf den Grund gegangen waren, dann konnte Trey das akzeptieren. Aber er war kein Mann, der seine Frau betrügen würde, wie sein Vater es getan hatte, und außer auf sich selbst wettete er niemals. „Dann verrate mir, was meinen Vater davon abgehalten hat, dich der Polizei auszuliefern."

Jeb schnaubte verächtlich. „Na sieh dir doch die hiesige Polizei an. Henry Buell würde sogar das Regeln des Verkehrs vermasseln."

„Er hätte jemanden finden können, der ein bisschen heller ist als Buell."

„Sicher, wenn er die Absicht gehabt hätte, die Polizei einzuschalten. Aber genau wie du war er mehr daran interessiert, die ganze Geschichte zu erfahren, als mich hinter Gittern zu sehen."

„Ich mag vielleicht vieles mit meinem Vater gemeinsam haben, aber du solltest nicht den Fehler begehen und glauben, ich sei wie er, denn ich werde zur Polizei gehen."

„Und was wirst du Cardin sagen?"

Darauf hatte Trey keine Antwort.

„Denn ich kann dir garantieren, dass es keine Hochzeit geben wird, falls du mich ins Gefängnis bringst."

Daran hatte Trey nicht den geringsten Zweifel. „Fürs Erste würde ich Cardin mal aus der Sache heraushalten. Das Gleiche gilt für Eddie und Delta. Wenn wir beide die Sache hier und jetzt aufklären können, muss niemand außer uns die Wahrheit erfahren."

„Du meinst, es bleibt unter uns?"

Trey nickte und beschloss, erst zu entscheiden, was er tun würde, wenn er die ganze Geschichte kannte.

Jeb atmete tief durch und fing an. „Ich war zu jung, um allzu viel über deinen Urgroßvater zu wissen, und kannte nur die Gerüchte, die man sich zuraunte. Damals sprach man über den sexuellen Appetit eines Mannes nicht am Abendbrottisch. Private Dinge wurden überhaupt nicht offen besprochen. Mit neun Jahren wusste ich nicht, was Sex ist. Oh, natürlich wusste ich, dass männliche Tiere auf weibliche Tiere springen und weibliche Tiere Babytiere zur Welt bringen. Aber das war auch schon alles."

Trey fing an, sich ein wenig unbehaglich zu fühlen, aber jetzt musste er sich alles bis zu Ende anhören. „Mein Urgroßvater war also ein echter Schwerenöter. Ich habe zwar nicht besonders gut aufgepasst im Geschichtsunterricht, aber selbst ich weiß, dass das neunzehnhundertneununddreißig nicht mehr gegen das Gesetz verstieß."

„Du hast vollkommen recht. Schwerenöter kamen nicht hinter Gitter, aber sie wurden für ihre Potenz und ihre Eroberungen auch nicht bewundert. Zumindest nicht in anständigen Kreisen."

Zuerst war Treys Urgroßvater ein Schwerenöter, nun passte er auch nicht mehr in die anständige Gesellschaft. Falls Jeb vorhatte, den Ruf eines toten Mannes zu ruinieren, war er bei Trey an den Falschen geraten. „Als Nächstes wirst du mir erzählen, wen er alles geschwängert und sitzen gelassen hat und wen angeblich vergewaltigt."

„Nein, keine Sorge", beschwichtigte Jeb ihn. „Wie ich schon sagte, ich war erst neun Jahre alt. Mir wären solche Gerüchte nicht zu Ohren gekommen. Aber als ich eines Tages aus der Schule nach Hause kam und ihn zusammen mit meiner Mutter im Bett überraschte – sie unter ihm, schreiend und stöhnend –, wollte ich ihn umbringen, wegen der Schmerzen, die er ihr zufügte."

Jetzt wartete Trey mit angehaltenem Atem darauf, dass Jeb fortfuhr.

„Wenn man neun Jahre alt ist, hört man die Leute über den Tod reden, dass man in den Himmel kommt und seinem Schöpfer gegenübertritt. Aber es erklärt einem keiner, was der Tod genau bedeutet. Es ist nur ein Wort, und du weißt nur, dass jemand, der tot ist, nicht mehr da ist."

„Du hast ihn also umgebracht", sagte Trey. „Du hast ihn mit deiner Mutter im Bett erwischt, und deswegen hast du ihn getötet."

„Ja, das habe ich", gestand Jeb mit ernster Miene. „Ich rannte aus dem Haus auf die Veranda und schnappte mir eins von den Kanthölzern, die dort gestapelt waren, weil mein Pa das Geländer reparieren wollte. Es war ein kurzes Stück Holz, aber lang genug, um damit ordentlich auszuholen. Und bei den Kids war ich für meinen harten Schlag beim Baseball bekannt."

Trey wurde übel, und er richtete den Blick nach vorn. Es war schwer, sich das anzuhören, aber es konnte auch nicht leicht sein, die Geschichte zu erzählen. Die Vorstellung von einem neunjährigen Jungen, der mit einem Kantholz auf einen erwachsenen Mann losging, war unheimlich.

„Vermutlich hatten sie mich nicht hereinkommen hören, dafür allerdings, wie ich aus dem Zimmer rannte, denn Emmett kam auf die Veranda hinaus und war dabei, sich sein Hemd wieder anzuziehen. Ich trat hinter ihn und holte aus wie auf dem Baseballplatz. Er fiel. Wahrscheinlich war er schon nach dem ersten Schlag tot, aber ich lief die Verandastufen herunter und schlug immer wieder zu."

„Wo war deine Mutter die ganze Zeit?", wollte Trey wissen.

„Sie kam schreiend heraus. Ich ließ das Kantholz fallen und rannte weg, um mich im Wald zu verstecken, von wo aus ich sie beobachten konnte. Sie saß in all dem Staub und Blut, im Schoß das Kantholz, und weinte, wie ich noch nie jemanden habe weinen sehen. Irgendwann muss ich eingeschlafen sein – ich hatte mich in einem verrotteten Baumstamm zusammengerollt –, denn als ich wieder aufwachte, stand ein ganzer Haufen Männer vor unserer Veranda. Meine Mutter war nirgends zu sehen. Und wir sahen sie auch nie wieder."

Trey hatte keine Ahnung, was in Cardins Urgroßmutter vorgegangen war. „Sie ist einfach verschwunden?“

„Ja, im Auto deines Urgroßvaters. Einen Tag später fand man den Wagen auf der Straße nach Nashville. Da muss sie auch mit dem Reporter gesprochen haben, wahrscheinlich betrunken. Aber zu meinem Dad nahm sie nie wieder Kontakt auf. Das letzte Mal, dass ich sie sah, war dort im Staub, während ihre Röcke sich mit Blut vollsaugten.“

Trey fielen hundert Fragen auf einmal ein. „Du hast nie jemandem erzählt, dass sie dort war und was du getan hast, und sie erzählte nur diesem Reporter, was sie gesehen hatte.“

„So hat es sich im Großen und Ganzen abgespielt.“

„Hat die Polizei dich befragt?“

„Ja“, bestätigte Jeb, „hat sie. Ich habe denen gesagt, ich sei im Wald gewesen. Als ich zurückkam und mein Pa mich ansah, konnte ich in seinen Augen lesen, dass er ahnte, was ich getan hatte.“

„Aber er erwähnte gegenüber der Polizei keinen Verdacht.“

„Nein. Wir sprachen nie darüber, kein Wort.“ Jeb drehte seinen Hut auf den Knien. „Um die Wahrheit zu sagen – ich glaube, er war ziemlich erleichtert. Das begriff ich allerdings erst, als ich älter wurde und mich daran erinnerte, wie er Emmetts Tod und das Verschwinden meiner Mutter aufnahm. Ich bin mir sicher, dass er eine Ahnung hatte, was die beiden betraf. Aber da Emmett sein Partner war, wusste er nicht, was er tun sollte."

„Wie bitte? Der Mann schlief mit seiner Frau, und er wusste nicht, was er tun sollte?"

„Damals war einiges anders, Trey. Oft drückten die Leute ein Auge zu und gaben sich mit dem zufrieden, was sie hatten."

„Das ist alles ein solcher Mist. Ich weiß nicht einmal, was ich sagen soll." Mord verjährte zwar nicht, aber Jeb war zur Tatzeit minderjährig gewesen. Heute war er fast achtzig. Trey konnte ihn ins Gefängnis bringen, ihn dem Gesetz ausliefern und dadurch viele Leben zerstören. Oder er behielt Jebs Geheimnis für sich und versuchte damit zu leben.

„Eines möchte ich dir noch sagen", meinte Jeb. „Ich versuche hier nicht, ein Plädoyer für mich zu halten. Ich wollte, dass du verstehst. Ich wollte, dass Emmett stirbt für das, was er mit meiner Ma machte, aber ich wollte ihn nicht umbringen. Ich dachte, er tut ihr weh. Ich dachte, ich beschütze sie vor ihm. Als ich aus dem Wald kam und sie fort war, begriff ich allmählich meinen Irrtum."

„Warum hast du niemandem erklärt, was passiert

ist?", wollte Trey wissen.

„Weil mein Pa nur noch mich hatte und ich befürchten musste, dass die Polizei mich ihm für immer wegnehmen würde, wenn ich die Wahrheit sage. Es war meine Schuld, dass meine Ma uns verlassen hatte, und ich wollte nicht, dass er allein war."

Trey war aus dem gleichen Grund bis zu seinem zwanzigsten Lebensjahr in Dahlia geblieben. Auch er hatte seinen Vater nicht allein lassen wollen, nachdem seine Mutter die Familie verlassen hatte, als er zwölf gewesen war. Nur hatte nicht sie die Ehe gebrochen, sondern sein Vater.

Angesichts der vielen widerstreitenden Gefühle wusste Trey einfach nicht mehr, was richtig und was falsch war. Er rieb sich die Augen und fühlte sich emotional geschafft, als wäre er selbst das Kind gewesen, das seine Unschuld verloren hatte. Er sah erst wieder auf, als Jeb die Tür öffnete.

„Ich vermute, ich habe dir eine Menge zum Nachdenken gegeben. Was auch immer du mit dieser Geschichte anfängst, ich werde dir keinen Vorwurf machen. Ich kann dich nur bitten, mir vorher Bescheid zu sagen, damit mir noch Zeit bleibt, meine Angelegenheiten zu regeln."

Trey fühlte sich elend. Er hatte nicht mehr die geringste Lust, White Lightning auf der Rennstrecke zu testen. Aber er wusste, dass Arbeit ihm helfen würde, das Gehörte besser zu verstehen.

Denn erst dann, wenn er die Situation vor siebzig Jahren, in der Jeb seinen Urgroßvater getötet hatte, genau verstand, würde er wissen, was er tun musste.

12. KAPITEL

Cardin war schon auf dem halbem Weg zur Arbeit, als sie an Pammy's Petals vorbeikam. Einem unwiderstehlichen Drang nachgebend, wendete sie und fuhr auf den Parkplatz, wo sie hinter dem Lenkrad von Jebs Pick-up sitzen blieb. Sie betrachtete die beiden Schaufenster der Bäckerei, hinter denen Spitzenvorhänge die Worte *Pammy's* und *Petals* auf beiden Seiten der Tür einrahmten.

Dort, hinter der Ladentheke, stand eine kunstvoll zubereitete Torte, die Cardin zu Tränen rührte. Das war albern, aber wie sollte ein Mädchen aus einer Kleinstadt in Tennessee sonst reagieren?

Sie zögerte, den Laden zu betreten. Es war dumm, sich Hochzeitstorten anzusehen, wo sie und Trey gerade erst die Verlobung bekannt gegeben hatten; vielleicht würde er nur standesamtlich heiraten wollen, bevor er sich wieder auf den Weg zum Corley-Team machte.

Aber dann konnte sie doch nicht widerstehen. Ihr Alibi war, dass sie Pammy schon lange nicht mehr gesehen und einen ihrer berühmten Cupcakes gekostet hatte. Cardin stieg aus dem Wagen, strich ihren Pferdeschwanz glatt und betrat den Laden.

Die Glocke über der Tür spielte eine Melodie aus

einem Disneyfilm, und Pammy eilte aus dem hinteren Teil des Geschäfts herbei. „Du lieber Himmel, Cardin!“, rief sie, wobei sie die grünen Augen weit aufriss. „Du heiratest Trey Davis!“

Cardin lächelte und ließ sich fest umarmen. Pammy wiegte sie hin und her, bis sie sich beide wieder lachend voneinander lösten.

„Weißt du noch, wie wir auf der Highschool immer über die Flure gingen, wo er gerade Unterricht hatte, selbst wenn unser Klassenraum am anderen Ende des Schulgeländes lag? Wahrscheinlich hat er gedacht, wir stellen ihm nach.“

Cardin drückte die Hand ihrer Freundin und wischte sich anschließend mit beiden Zeigefingern das verschmierte Make-up unter den Augen fort. „Ich glaube nicht, dass wir die Einzigen waren. Wahrscheinlich hat jedes Mädchen auf der Schule ihm nachgestellt.“

„Ja, bestimmt.“ Pammy seufzte verträumt und rückte den Margeritenhut auf ihrem Kopf wieder gerade. „Besonders Kim Halton. Ich war froh, dass sie sich nie mehr in Dahlia blicken ließ. Ich habe gehört, dass sie gleich im ersten Studienjahr schwanger wurde.“

Offenbar waren Pammys Informationsquellen besser als Cardins, denn sie hatte nichts mehr von

Kim gehört. „Dass sie nie mehr zurückgekommen ist, hätte ich wohl nur bemerkt, wenn ich sie vermisst hätte."

Pammys Lachen klang wie ein Schnauben, weshalb sie sich schnell den Mund zuhielt. „Ich koche uns Kaffee. Oder möchtest du lieber eine Cola?"

„Ich möchte einen Cupcake", antwortete Cardin.

„Ein Cupcake, kommt sofort." Pammy marschierte fröhlich zur Theke.

Cardin setzte sich an einen der beiden kleinen runden Bistrotischchen, und Pammy gesellte sich wenige Minuten später zu ihr. Der kleine Rührkuchen, den sie Cardin auf einer Porzellanuntertasse servierte, war mit glitzerndem Zuckerguss überzogen, mit etwas obendrauf, das wie eine Hochzeitsansteckblume aussah.

Na großartig. Cardin musste schon wieder schlucken. Würde das bis zum Jawort jetzt ständig so sein? „Ich weiß nicht, ob ich den essen kann. Er ist zu wundervoll."

„Iss ihn." Pammy schob das Tellerchen näher an sie heran. „Ich habe noch mehr davon. Ich verspreche dir, es ist der leichteste Kuchen, den du je gegessen hast, und die Zitronencremefüllung ist himmlisch."

Cardin nahm ihre Gabel. „Und beides in einem Kuchen."

„Manchmal kann man beides haben. Es ist so ähnlich, wie Trey Davis zu heiraten“, sagte Pammy, hob den Kaffeebecher an die Lippen und wackelte mit den Brauen.

„Es kommt mir unwirklich vor.“ Cardin teilte ein Stück Kuchen mit der Gabel ab, und der Zitronenduft stieg ihr in die Nase. „Ich warte dauernd darauf, dass mich jemand kneift und ich aufwache.“

„Warum sollte es dir unwirklich vorkommen?“, wollte Pammy wissen. „Wie lange seid ihr zusammen? Fast ein Jahr? Da wird es langsam Zeit, dass ihr heiratet. Aber es war nicht gerade nett von dir, die Beziehung vor mir geheim zu halten.“

Um ein Haar hätte sie sich verplappert, aber dann fiel ihr eine plausible Erklärung ein. „Jetzt, wo ich mit ihm richtig zusammen bin, kommt mir die Zeit, in der wir voneinander getrennt waren, wie ein Traum vor, als hätte es sie gar nicht richtig gegeben. Aber du hast recht, es war nicht besonders nett von mir, dir überhaupt nichts zu erzählen.“

Pammy schob verlegen ihren Becher auf dem Glastisch hin und her. „Du wirst mit ihm fortgehen, wenn er wieder unterwegs ist, nicht wahr? Du wirst nicht hierbleiben.“

Cardin erinnerte sich an das Gespräch, das sie und Trey mit ihren Eltern darüber geführt hatten, wo und wie sie leben würden. Jetzt, wo sie tatsächlich über all diese Dinge nachdenken musste, wusste sie nur eines mit absoluter Gewissheit. „Ich werde nicht hierbleiben, wenn er nicht hierbleibt."

Pammy lehnte sich seufzend zurück, nahm ihren Hut ab und schob sich mit beiden Händen die roten Locken aus dem Gesicht. „Ich wollte nie für immer in Dahlia bleiben. Aber dann hat Kevin mich verlassen, und ich musste mich um Boyd kümmern und mit sehr wenig Geld auskommen."

Cardin wusste, wie schwer es für Pammy nach der Scheidung gewesen war, und bekam ein schlechtes Gewissen, dass sie so wenig Kontakt gehabt hatten. „Ich habe Boyd so lange nicht mehr gesehen. Wie alt ist er inzwischen? Drei?"

Pammy nickte. „Ja, drei, und zum Glück ähnelt er seinem Vater weder vom Aussehen her noch vom Verhalten. Der kleine Kerl ist der Grund, warum ich hier versucht habe, etwas auf die Beine zu stellen. Ich konnte einfach nicht mit ihm umherziehen, ohne zu wissen, wovon ich leben soll und wie die Zukunft aussehen würde. Er hat etwas Besseres verdient."

„Nun, du hast einiges auf die Beine gestellt." Cardin aß den Rest ihres Rührkuchens. „Im Ernst, das war der beste Cupcake, den ich je gegessen habe."

„Heißt das, ich darf für euch die Hochzeitstorte

backen? Mir schwebt da ein Kuchen in Form eines Dragster-Rennwagens vor." Pammys Augen weiteten sich. „Oder noch besser, ein Paar Scheinwerfer in Anspielung auf das Headlights."

Cardin lachte. „Ja, das würde Trey gefallen, eine Torte, die aussieht wie zwei Brüste."

„Apropos Brüste. Trey und Tater Rawls sind doch noch gut befreundet, oder?"

Cardin hatte keine Ahnung, worauf ihre Freundin hinauswollte. „Na ja, sie sind seit ihrer Kindheit befreundet. Warum fragst du?"

„Weiß er – oder weißt du, da du ja mit ihr zusammenarbeitest –, ob das zwischen ihm und Sandy etwas Ernstes ist?"

Es konnte nur einen Grund geben, weshalb Pammy sich danach erkundigte. „Falls du fragst, weil du es auf Tater abgesehen hast, hätte ich nichts dagegen, wenn du dein Glück bei ihm versuchst. Er hat etwas Besseres verdient als Sandy Larabie."

„Das finde ich auch. Aber ich dränge mich nicht in Beziehungen. Selbst wenn es nichts Ernstes zwischen ihnen ist, werde ich es nicht kaputt machen."

Cardin fasste spontan einen Entschluss, da sie und Pammy schon ewig befreundet waren und sie außerdem wusste, dass Tater Treys Trauzeuge sein würde.

„Pammy, möchtest du meine Brautjungfer sein?"

„Wirklich? Und ob ich das will! Ich fühle mich geehrt, dass du mich fragst."

„Warum sollte ich nicht fragen? Ich wüsste niemanden, den ich dafür lieber hätte. Allerdings könnte es sein, dass es keine kirchliche Feier gibt. Wir haben noch nicht darüber gesprochen, wann, wo und wie wir heiraten wollen."

„Aber deine Hochzeitstorte darf ich auf jeden Fall machen, oder?", fragte Pammy.

„Natürlich. Ich bin sogar versucht, dich zu bitten, bei uns als meine persönliche Köchin zu wohnen."

Pammy lachte. „Ich backe doch nur. Von dieser einseitigen Ernährung wärst du in Windeseile dick."

„Dann ist die Idee wohl doch nicht so gut, da ich voraussichtlich in einem Wohnmobil leben und in einem schmalen Bett schlafen werde. Es wäre unfair, wenn Trey auf dem Fußboden schlafen müsste, nur weil mir dein Kuchen so gut schmeckt."

„Ich weiß nicht. Wenn neben dir kein Platz mehr ist, könnte er auch *auf* dir schlafen. Das wäre doch sicher nicht schlimm, oder?" Die beiden kicherten wie Schulmädchen, bis Pammy sich seufzend zurücklehnte. „Ich wünschte, ich hätte jemanden, der jede Nacht auf mir schläft. Oder wenigstens einmal die Woche, ich bin ja bescheiden."

Das reichte. Cardin nahm sich kurzerhand vor, die Kupplerin zu spielen und Winston Tate Rawls klarzumachen, was ihm entging, wenn er sich Pammy durch die Lappen gehen ließ. „Weißt du, was wir tun sollten? Wir sollten bei Beverly's Closet vorbeischauen und in Erfahrung bringen, was momentan in Sachen Hochzeitsmode angesagt ist. Außerdem kommt ihr noch mehr Klatsch zu Ohren als meinem Grandpa. Ich wette, sie weiß das Neueste über Sandy und Tater."

Pammy rümpfte die sommersprossige Nase. „Hm, ziemlich schlau."

„Na ja, ich brauche auf jeden Fall etwas zum Anziehen für die Verlobungsfeier. Mein Grandpa will unbedingt, dass wir eine veranstalten."

„Wird das eine Feier im engsten Kreis? Deine Brautjungfer hat davon nämlich noch nichts gehört."

„Ich habe es auch erst heute erfahren. Jeb meinte zu Trey, dass man bei uns im Headlights die Verlobung zusammen mit seinem Sieg beim Moonshine-Rennen feiern könnte."

„Tater wird auch da sein, nicht wahr? Und Sandy wohl auch."

„Mach dir wegen Sandy keine Sorgen", beruhigte Cardin sie. „Wir werden uns beide von Beverly einkleiden lassen."

„Das kann ich mir nicht leisten“, sagte Pammy und machte ein trauriges Gesicht. „Im Augenblick bin ich knapp bei Kasse.“

„Geht mir genauso, denn ich arbeite weniger Stunden, um mehr Zeit mit Trey verbringen zu können. Aber du kennst ja Beverly. Die Secondhandsachen bei ihr sind besser als vieles, was man im Kaufhaus neu findet.“ Cardin lächelte ihrer Freundin aufmunternd zu. „Wir werden Trey und Tater aus den Socken hauen.“

Später an diesem Abend saß Trey mit Tater an einem Tisch im Headlights, in der einen Hand eine Flasche Bier und vor ihm eine Schale frisch gerösteter Erdnüsse. Wenn Trey sich nicht schon länger mit seinem Freund zu diesem Männerabend verabredet hätte, wäre er lieber nach Hause gefahren, um in der Scheune zu arbeiten, im Haus oder sogar draußen auf dem Grundstück. Alles wäre ihm lieber gewesen, als sich mit jemandem unterhalten zu müssen, denn er hatte einen langen Tag hinter sich und war einfach nicht in Stimmung.

White Lightning war am Nachmittag auf der Rennstrecke so spektakulär gewesen, wie er es erwartet hatte. Trey liebte Autorennen, und sie fehlten ihm. Er hätte den ganzen Tag draußen auf dem Dahlia

Speedway verbringen können, nur nicht in Gesellschaft von Jeb Worth. Es genügte ihm vollkommen, wenn er in einer Woche beim Rennen mit ihm zu tun haben musste.

„Für einen Mann, der sich gerade mit der heißesten Braut der Stadt verlobt hat, machst du aber ein trübsinniges Gesicht", stellte Tater fest und musterte Trey.

„Das hat nichts mit Cardin oder der Verlobung zu tun." Aber das stimmte nicht ganz. Nach dem, was er heute Nachmittag erfahren hatte, würde es vielleicht keine Verlobung mehr geben und damit auch keine Cardin mehr. Und der Gedanke daran, sie aufzugeben ... „Ich glaube, ich brauche noch ein Bier."

„Ich will dir ja nicht den Spaß verderben, aber wenn du noch nach Hause fahren willst, solltest du lieber vorher etwas essen."

Sie bestellten bei Sandy, die ihre Schicht früher angefangen hatte, weil an diesem Wochentag ungewöhnlich viel Betrieb herrschte. Trey hatte Cardin nur kurz zugewinkt, während sie zwischen den Tischen umhereilte. Er sehnte sich danach, sie wieder in den Armen zu halten.

Aber da ihn all das beschäftigte, was er an diesem Nachmittag von ihrem Großvater erfahren hatte, war es besser so, dass sie jetzt keine Zeit zum Reden hatten. Er hätte nicht gewusst, was er sagen sollte. Ihr die neuen Informationen zu verschweigen war jedoch gleichzusetzen mit einer Lüge.

„Ich komme schon klar“, sagte er zu Tater. „Ich muss mir bloß über ein paar Dinge klar werden.“

„Und dabei kann Cardin dir nicht helfen?“

„Nein.“

„Und was kann ich für dich tun?“

Trey musste lächeln. Er hatte seinen Freund vermisst, Taters Menschenkenntnis und seine nüchterne Art, das Leben zu betrachten.

Es kam zwar nicht infrage, ihm Details zu verraten, doch war Trey geneigt, Tater um Rat zu bitten. „Wenn ich dich rundheraus etwas frage, wirst du mir dann antworten?“

„Wenn ich kann.“

Trey trank einen Schluck Bier und wischte sich den Mund mit dem Handrücken ab. „Du hast mir neulich zu verstehen gegeben, als wir über dich und Sandy sprachen, dass ein Mann tun müsse, was ein Mann tun muss.“

Tater nahm eine aufrechtere Haltung an. „Du willst mir jetzt hoffentlich nicht erzählen, dass dein Trübsinn etwas mit meiner Beziehung zu Sandy zu tun hat, oder?“

„Nein, es geht um eine Sache, die *ich* möglicherweise tun muss."

„Etwas, das du nicht tun willst?"

„Ich würde mir lieber einen Zeh abschneiden, als das zu tun", erwiderte Trey.

„Hör sich ernst an."

Das war eine enorme Untertreibung. „Ich habe das Gefühl, es wird die wichtigste Entscheidung meines Lebens sein, und deshalb möchte ich es nicht vermasseln."

„Aber es geht nicht um dich und Cardin", vermutete Tater.

„Nein, nicht direkt."

Tater schwieg einen Moment, was Sandy die Gelegenheit gab, ihnen das Essen zu bringen.

„Bitte sehr, Jungs, eure Chicken Wings und Maiskolben. Ich habe Albert gesagt, er soll jedem von euch eine halbe Extraportion geben, wenn Eddie nicht hinsieht. Ihr beide saht mir so hungrig aus."

„Tolle Frau, was, Trey?" Tater umfasste Sandys Taille und zog sie näher. „Sie achtet stets darauf, was ihr Mann braucht."

„Appetit zu stillen ist nur eine meiner vielen Fähigkeiten", meinte sie, legte ihren Arm um Taters Schulter und tätschelte ihn. „Genießt euer Essen, Jungs."

Sobald sie verschwunden war, nahm Trey sich einen Hühnerflügel und biss hinein, ehe er damit gestikulierte. „Wenn du mir sagst, in eurer Beziehung geht es nur um Sex, wäre ich sehr enttäuscht."

„Ich habe es dir schon bestätigt – ein Mann muss tun, was ein Mann …"

„Tun muss. Ja, ja, ich weiß", unterbrach Trey ihn frustriert. „Aber ein Mann muss keine Beziehung eingehen, um Sex zu haben."

Tater begann einen Maiskolben abzunagen. „Das bleibt aber alles unter uns, klar?"

Trey verdrehte die Augen. „Keine Sorge, ich kann schweigen wie ein Grab."

„Das habe ich gemerkt, denn du hast dich ja nie gemeldet."

Trey wusste selbst nicht mehr, warum er den Kontakt zu seinem Freund nicht gehalten hatte. Wahrscheinlich wollte er die Vergangenheit hinter sich lassen und nach dem Tod seines Vaters erst einmal Abstand gewinnen. „Es wird nicht wieder vorkommen, das verspreche ich dir."

Tater war mit seinem Maiskolben fertig und nahm in jede Hand einen Hühnerflügel. „Na schön. Es ist auch eigentlich keine große Sache. Sandy hatte Ärger mit einem Kerl in Nashville, einem Stalker, der sie einfach nicht in Ruhe lassen wollte. Du kennst Sandy ja, sie hat nicht viele Freunde."

Aus gutem Grund, dachte Trey.

„Eines Tages brachte sie ihren Wagen in unsere Werkstatt, und wir kamen ins Gespräch. Anscheinend ist der Kerl von der richtig fiesen Sorte. Erst sorgt er dafür, dass es ihr schlecht geht, dann taucht er praktischerweise auf und bietet ihr seine Hilfe an. Aber diese Hilfe sieht so aus, dass er Sandy mit zu sich nach Hause nimmt und nicht eher wieder gehen lässt, bis es ihm passt."

Du lieber Himmel, dachte Trey. „Hat sie ihn nicht bei Buell angezeigt? Oder bei der Polizei in Nashville?"

„Pah, ein Unterlassungsurteil wirkt auf manche Leute nicht einschüchternd. Es ist nur ein Stück Papier, und wenn die Cops erst auf eine Gewalttat reagieren, ist es für das Opfer zu spät."

„Du bist also mehr oder weniger ihr Beschützer."

„Mehr oder weniger."

„Mit gewissen Vorteilen für dich", vermutete Trey.

„Für uns beide."

„Nur ist es keine dauerhafte Beziehung."

„Nein, und die Sache dürfte bald erledigt sein, weil seit sechs Monaten niemand mehr etwas von dem Kerl gehört oder gesehen hat. Wahrscheinlich hat er sich ein anderes Opfer in einer anderen Stadt ausgesucht." Tater machte eine Pause und strich Butter auf einen Maiskolben. „Hilft dir die Geschichte weiter?"

Sie erinnerte Trey zumindest daran, was für ein anständiger Kerl sein Freund war. Aber was seine eigene Situation betraf … „Du hast jedenfalls das Richtige getan. Bei mir liegt der Fall weniger eindeutig."

„Der Mensch kann mit Grautönen ganz gut umgehen. Es gibt eben nicht nur Schwarz und Weiß. Manche Dinge sind nicht so einfach. Letztlich zählt, ob wir etwas vor uns und den anderen rechtfertigen können." Tater zuckte die Schultern. „Es kommt darauf an, wie schwerwiegend die Sache ist."

Trey atmete tief durch. „Ziemlich schwerwiegend."

„Und du versuchst herauszufinden, was du tun sollst."

Trey nickte.

„Tja, dann solltest du abwägen, ob dein Handeln mehr Gutes oder mehr Schlechtes nach sich zieht."

„Wenn ich das tue, was ich für richtig halte, wird es viele Leute verletzen."

Tater betrachtete ihn ruhig. „Und das Gute?"

Dazu fiel Trey nichts ein. Er trank seine Flasche Bier aus und hielt sie hoch, damit Sandy ihm eine neue brachte. Als er Tater wieder ansah, schüttelte der den Kopf. „Das ist mein Letztes, versprochen."

„Hat diese Sache, die dich beschäftigt, etwas mit deinem Dad zu tun?"

Treys Magen zog sich zusammen. „Wie kommst du darauf?"

„Ich habe vorhin mit Cardin gesprochen. Sie hat mir gesagt, dass du heute die Unterlagen deines Vaters durchgesehen hast."

„Ja, ich habe in seinen Unterlagen etwas gefunden, das einige Leute in ernsthafte Schwierigkeiten bringen könnte, und das will ich nicht. Nur weiß ich auch nicht, ob ich das einfach alles vergessen kann."

„Warum nicht? Was würde denn passieren, wenn du es nicht weiterverfolgst?"

„Nichts. Alles würde für die Betroffenen weiterlaufen wie bisher." Für den einen Betroffenen, den es seit dem Tod von Treys Vater noch gab.

„Na, wenn es nicht um ein Verbrechen geht …"

„Geht es aber."

„Hm, das macht die Angelegenheit knifflig", räumte Tater ein.

So knifflig, dass Trey vom vielen Grübeln schon ganz benommen war. „Ich habe es von allen Seiten betrachtet und komme immer zum selben Ergebnis."

„Und zu welchem?"

„Dass ich die Sache am besten auf sich beruhen

lassen sollte."

„Wo liegt dann das Problem?"

„Ich bin mir nicht sicher, ob ich mit dieser Entscheidung klarkomme", gestand Trey.

„Willst du denn Gerechtigkeit? Oder geht es dir um Rache?"

Damit hatte sein Freund den Nagel auf den Kopf getroffen, denn das war genau die Frage, der Trey bisher erfolgreich ausgewichen war. Jeb Worth hatte all die Jahre mit seiner Tat gelebt und würde sein Wissen mit ins Grab nehmen. Seit siebzig Jahren trug er diese Last mit sich herum – war das nicht Strafe genug? Wenn Trey mehr wollte, ging es ihm dann nicht um Rache? Außerdem wäre angesichts der Umstände die einzige Konsequenz, die Jeb zu befürchten hätte, dass alle von seiner Tat wüssten und er mit dieser Schande leben müsste.

Ja, Trey wollte Gerechtigkeit, aber er wollte Jeb nicht öffentlich demütigen. „Nein", sagte er daher, „ich will keine Rache."

„Dann sollte dir die Entscheidung leichter fallen."

„Zumindest hast du mir einige Hinweise gegeben, über die ich nachdenken muss."

„Ich kann dir noch mehr geben. Sandy behauptet, sie habe noch nie jemanden getroffen, der mehr über absolut nichts reden kann als ich."

„Und da wundert es dich, dass ich dich nie angerufen habe“, entgegnete Trey trocken.

Sie mussten beide zugleich losprusten. Als sie gerade das verschüttete Bier vom Tisch wischten, gesellte Cardin sich zu ihnen.

„Ist es ungefährlich, sich zu setzen?“, fragte sie, und statt zu antworten, klopfte Trey neben sich auf die Sitzbank. Tater klopfte ebenfalls auf den Platz neben sich, doch statt sich zu einem von beiden zu setzen, nahm sie einen Stuhl vom Nebentisch und setzte sich an den Kopf des Tisches. Erst sah sie von Tater zu Trey, dann auf die Essensreste. „Ich weiß gar nicht, warum ich hier bin.“

„Du bist hier, weil diese Party ein wenig Klasse braucht“, sagte Trey.

„Klasse – ist das eine Rennkategorie?“, meinte Tater.

„Ich glaube, ihr habt beide ein wenig zu tief ins Glas geschaut.“

„Wir hatten uns viel zu erzählen“, verteidigte Tater sich. „Halte deinen Mann nicht unterm Pantoffel.“

„Genau, halte deinen Mann nicht unterm Pantoffel“, pflichtete Trey seinem Freund bei, obwohl ihm längst klar war, dass er nicht mehr allein nach Hause fahren sollte. Nach Hause. Zu Cardins Wohnung, zu ihrem Bett. In dem er nie wieder schlafen würde, wenn er ihren Großvater anzeigte.

Er stand auf. „Komm, bring mich nach Hause, bevor ich eine Dummheit begehe und jedes einzelne Bier bereue, das ich getrunken habe."

13. KAPITEL

Um zwölf Uhr in der Nacht des Moonshine-Rennens saß Cardin im Licht der gleißenden Stadionbeleuchtung und wünschte, sie hätte ihre Ohrstöpsel nicht vergessen. Ihr Körper vibrierte bis in die Zehenspitzen, wenn die Wagen vorbeidonnerten.

In den vergangenen Jahren hatte sie hier mit Delta gesessen, weil Eddie in Jebs Wagen saß. Heute Nacht saßen ihre Eltern beide auf der Bank hinter ihr, weil Trey den Wagen lenkte.

Trey, der sie liebte und zu seiner Frau machen würde ... es sei denn, sein Benehmen in letzter Zeit war ein Zeichen dafür, dass er kalte Füße bekam.

In der vergangenen Woche hatte sie ihn kaum gesehen. Seit dem Abend mit Tater hatte er sich verändert, sodass sie bereits den Verdacht hegte, er könnte die Verlobung bereuen.

Andererseits wusste sie, dass es ihn sicher aufwühlte, im Haus seines Vaters immer wieder mit Erinnerungen an seine Kindheit und seine Familie konfrontiert zu werden – an seine Mutter, die die Familie verlassen hatte, an den Tod seines Vaters. Das war sicher nicht leicht, und sie war nicht gerade mitfühlend gewesen. Im Gegenteil, sie hatte sich egoistisch benommen, weil sich für sie alles nur um Hochzeitstorten, Kleider und Zukunftspläne gedreht hatte. Sie hatte den Mann, den sie liebte, zu wenig unterstützt, als er sie brauchte.

Sie dachte an all die Dinge, die er ihr von sich erzählt hatte, weil er der Ansicht war, dass Cardin sie als seine Verlobte wissen sollte. Davon, dass er Zeit für sich allein brauchte, war keine Rede gewesen. Sie sollte ihn wenigstens fragen, ob sein Schweigen darauf zurückzuführen war.

Vor dem Rennen würde sie allerdings keine Gelegenheit mehr haben, mit ihm zu reden, und natürlich wollte sie ihn auch nicht mit ihrer Unsicherheit behelligen. Aber sie musste ihn einfach sehen, um ihm wenigstens viel Glück zu wünschen und ihm zu sagen, wie sehr sie ihn liebte.

Daher stand sie auf, doch ihre Mutter hielt sie am Handgelenk fest. „Wohin willst du?"

„Ich möchte Trey viel Glück wünschen", rief sie, um den Motorenlärm zu übertönen.

„Hast du das denn nicht schon getan?"

Sie schüttelte den Kopf. „Ich konnte ihn in der Box nicht finden, deshalb bin ich gleich hier heraufgekommen."

„Das ist seltsam", meinte ihre Mutter.

Ihr Vater runzelte die Stirn. „Hast du Jeb gesehen?"

„Ja", antwortete Cardin, „er unterhielt sich mit

Beau Stillwell und Tater.“

„Und Trey war nirgends zu sehen?“ Eddie wirkte inzwischen angespannt.

Allmählich machte Cardin sich auch Sorgen. „Er wird sicher hier irgendwo sein, schließlich fährt er im Rennen.“

Eddie stand auf. „Ich werde dich hinunter in die Boxengasse begleiten. Ich will mal hören, ob mit dem Wagen alles in Ordnung ist.“

„He, Leute, habt ihr Trey gesehen?“

Cardin und Eddie drehten sich um und entdeckten Tater, der auf sie zukam. Jetzt erhob sich auch Delta von ihrem Platz. „Ist er denn nicht bei Jeb?“

„Jeb hat ihn auch nicht gesehen. Er ist startbereit.“ Tater zeigte mit dem Daumen über die Schulter. „Ihm fehlt bloß noch der Fahrer.“

„Er hat einen“, verkündete Eddie und schob sich an Tater vorbei, bevor Cardin oder Delta ihn aufhalten konnten.

„Eddie Worth! Du wirst diesen Wagen nicht fahren!“, rief Delta ihm hinterher und zwängte sich zwischen den anderen Zuschauern hindurch, um die Verfolgung aufzunehmen.

Wo konnte Trey nur stecken? Was war passiert? Mit pochendem Herzen trieb Cardin Tater zur Eile, und zusammen folgten sie ihren Eltern nach unten in die Boxengasse.

Sie fanden Jeb auf seinem Quad, mit dem er White Lightning an den Start ziehen wollte. Cardin, Tater, Eddie und Delta stürmten auf ihn zu.

Jebs Miene unter der Krempe seines Cowboyhuts war finster. „Was zur Hölle macht ihr hier unten?"

„Wo ist Trey?", wollte Eddie wissen.

Jeb zuckte die Schultern. „Ich habe ihn nicht gesehen, aber er hat gesagt, er wird hier sein, und ich verlasse mich darauf."

„Ich werde meine Ausrüstung holen", erklärte Eddie und wandte sich zum Gehen.

Delta hielt ihn am Arm fest. „Nein, Eddie. Du kannst keine Rennen fahren. Denk an dein Bein. Was, wenn du einen Unfall hast und nicht schnell genug aus dem Wagen kommst?"

„Wenn der Junge fahren will, lass ihn fahren", sagte Jeb und stieg vom Quad. „Er kennt seine Grenzen."

Aber Delta wollte ihn nicht loslassen. „Wenn du dich in diesen Wagen setzt, ist es endgültig zwischen uns vorbei, Eddie Worth!"

„Mom!", rief Cardin. „Was sagst du da?"

Delta verschränkte die Arme vor der Brust. „Dein Vater will seinem Vater beweisen, dass er ein echter Worth ist."

„Ich versuche überhaupt nichts zu beweisen", versicherte Eddie. „Ich tue nur, was ich tun muss."

„Und das hier beweist mir, dass mein Sohn ein besserer Mann ist, als ich es je sein werde", sagte Jeb und legte Eddie die Hand auf die Schulter. „Er ist der beste Worth, den es je gegeben hat."

Während Eddie ihn perplex anstarrte und Delta den Kopf schüttelte, hielt Cardin in dem Gewusel zwischen den Autos in der Boxengasse nervös Ausschau nach Trey. Sie hätte wissen müssen, dass es aussichtslos war, ihre Eltern wieder zusammenbringen zu wollen. Sie stritten sich nur noch schlimmer. Warum Trey ausgerechnet in dieses Irrenhaus einheiraten wollte, war ihr schleierhaft.

Er wäre besser beraten, wenn er die Flucht ergreifen würde. Mit Tränen in den Augen wandte sie sich zum Gehen – und stieß prompt gegen Treys muskulöse Brust.

Erleichtert schlang sie ihm die Arme um den Nacken. „Wo hast du gesteckt? Alle haben sich schon Sorgen um dich gemacht. Ich wollte dir Glück wünschen, aber du warst nicht hier, und meine Familie dreht durch."

Trey schaute zu ihren Angehörigen, die immer noch wild gestikulierten. „Möchtest du von hier verschwinden und deinen Vater fahren lassen?"

„Du hast keine Ahnung, wie gern ich verschwinden

würde. Aber Eddie darf nicht fahren. Es ist zu gefährlich."

„Na dann komm", meinte Trey und nahm ihre Hand. „Sorgen wir dafür, dass das nicht passiert."

„Wo bist du denn gewesen?", fragte Cardin.

„Ich habe meine Stiefel zu Hause gelassen und es erst auf halbem Weg hierher gemerkt." Er lächelte, und die sexy Grübchen erschienen wieder auf seinen Wangen. „Du willst doch nicht, dass ich mir die Zehen verbrenne, oder?"

Sie hakte sich bei ihm unter. Es war so gut, ihn an ihrer Seite zu haben. „Nein, aber ein Anruf wäre nett gewesen."

„Tja, ich glaube, ich habe das Ladegerät für mein Blackberry in Corleys Trailer liegen lassen", erklärte er. „Ich kann ihn nicht mehr aufladen."

Cardin lachte. „Du bist zerstreut. Das passt wenigstens zu meiner chaotischen Familie. Sieh sie dir nur an." Cardin deutete mit einer Handbewegung auf die drei Menschen, die sie außer Trey am meisten auf dieser Welt liebte.

„Immerhin reden sie miteinander. War es nicht das, was du wolltest?"

„Ja, das sage ich mir auch dauernd."

„Dann hast du dein Ziel erreicht und kannst deine Familie sich selbst überlassen. Jetzt wird es Zeit, dass du dich auf dich selbst konzentrierst."

Treys Bemerkung brachte ihre Gedanken von vorhin zurück. „Ich glaube, ich habe mich schon viel zu sehr auf mich konzentriert und war deshalb keine gute Verlobte."

„Wie meinst du das? Du bist die beste Verlobte, die ich je hatte."

„Ich dachte, ich bin die einzige Verlobte, die du je hattest."

„Bist du auch", versicherte er ihr.

Sie überlegte, ob sie ihn gegen die Schulter boxen sollte, schmiegte sich aber stattdessen an ihn. „Ich weiß, dass dies nicht der beste Zeitpunkt zum Reden ist, weil du dich aufs Rennen konzentrieren musst, aber ich mache mir Sorgen, wir könnten alles ein bisschen überstürzt haben."

„Was genau meinst du? Die vorgetäuschte Verlobung oder die echte?"

„Ich meine die ganze Situation. Du kamst her, um dein Haus zu verkaufen und anschließend wieder zu verschwinden. Und jetzt bindest du dich wieder an die Stadt. An mich. Und an meine verrückte Familie."

„Cardin, sieh mich an." Er stellte sich vor sie und hob ihr Kinn, damit sie ihm in die Augen sah. „Ich binde mich an nichts und niemanden, jedenfalls nicht so, wie du es meinst. Die Verlobung bekannt zu geben war meine Entscheidung, denn ich liebe dich. Mit dir für den Rest meines Lebens zusammen zu sein wird ein Abenteuer sein, und ich habe vor, jede Minute davon zu genießen."

Wie erleichtert und glücklich sie in diesem Moment über seine Liebeserklärung war. All die Ängste und Zweifel, die sie noch vor wenigen Momenten gespürt hatte, fielen von ihr ab. Doch sie musste es genau wissen. „Trotz meiner Familie, die sich ständig einmischt?"

„He, jede gute Story braucht ein paar verrückte Nebenfiguren."

Cardin schaute zu ihrer Familie und stellte erstaunt fest, dass sich alle beruhigt zu haben schienen und nun in ihre Richtung schauten – Jeb, der an seinem Quad lehnte, Eddie und Delta Arm in Arm.

Verrückte Nebenfiguren, das traf es genau. In einem Moment stritten sie, im nächsten lagen sie sich wieder in den Armen. Cardin musste lächeln.

Trey gab ihr einen Klaps auf den Po. „Ich glaube, sie warten auf mich."

„Dann können sie ruhig noch ein oder zwei Sekunden warten", erwiderte sie und packte ihn am Revers, damit sie seine ganze Aufmerksamkeit hatte. „Geh und gewinn das Rennen, Trey."

„Jawohl, Ma'am", sagte er, gab ihr einen Kuss und

lief zu Jeb und den anderen.

Cardin folgte ihm langsamer und schaute zu, wie er sich die Nackenstütze umlegte, den Helm aufsetzte und die Handschuhe überzog. Er zwinkerte ihr noch einmal zu, dann stieg er in den Rennwagen.

Eddie setzte sich zu Jeb auf das Quad, mit dem sie den Rennwagen in die Startreihe zogen. Cardin und ihre Mutter stellten sich an die Betonmauer, die die Boxengasse von der Rennstrecke trennte.

Tater, der als Teamchef fungierte, dirigierte Trey in die richtige Position. Es roch nach verbranntem Gummi von den bereits gestarteten Wagen. Sobald die beiden nächsten Wagen an der Startlinie standen, leuchtete die Ampel, und die Fahrer ließen die Motoren aufheulen.

Cardin hielt den Atem an. Die Ampel sprang auf Grün um, und die Wagen schossen nach vorn. Die Menge jubelte, und Cardin hielt sich die Ohren zu, während die Dragster die Viertelmeilenstrecke entlangdonnerten. Sekunden später entfalteten sich die Fallschirme am Heck der Wagen und brachten sie langsam zum Stehen.

Auf der Anzeigentafel erschien Treys Zeit – 4,686 Sekunden und damit Bestzeit.

Cardin sprang auf und ab und wedelte jubelnd mit den Armen. Am Ende der Strecke nahmen Eddie und

Jeb White Lightning wieder an den Haken und zogen den Rennwagen zurück in die Box.

Cardin ließ ihre Mutter stehen und lief zu Trey. Es war ihr egal, welche Zeiten die restlichen Wagen noch fahren würden und ob jemand ihn schlug – sie wollte einfach nur bei ihm sein.

Als sie bei ihm ankam, hatte er den Helm abgesetzt, den Reißverschluss seines Rennanzugs geöffnet und war umringt von Autogrammjägern. Eddie und Jeb diskutierten bereits die Leistung des Wagens, doch Cardin interessierte nur der Fahrer.

Sie konnte es kaum erwarten, mit ihm nach Hause zu fahren.

Trey wurde nicht der Sieger des Moonshine-Rennens, sondern Artie Buell, der Sohn des Sheriffs. Die Niederlage nagte zwar an ihm, aber eigentlich hatte er auch nicht wirklich mit der Bestzeit in dieser Nacht gerechnet. Zwar hatte er einen Nachmittag lang am Motor des Rennwagens herumgebastelt, kannte ihn jedoch nicht gut genug, um damit ans Limit gehen zu können.

Letztlich hatte er sich dazu entschlossen zu fahren, weil ihm die Rennen fehlten – und dass er nicht gewonnen hatte, dämpfte den Spaß auf der anschließenden Party kein bisschen. Nur dass er ausgerechnet gegen Artie verloren hatte, ärgerte ihn.

Die meisten Gäste im Headlights waren ohnehin gekommen, um die Verlobung zwischen Trey und Cardin zu feiern. Eddie und Delta tanzten zusammen, als hätten sie alles um sich herum vergessen.

Trey fragte sich, ob Cardin das auch sah, und hielt nach ihr Ausschau. Er entdeckte sie in der Nähe der Küche, wo sie mit Tater und Pammy Mercer stand, die sich sehr schnell nähergekommen zu sein schienen. Offenbar hatte Tater seine Beziehung zu Sandy beendet, denn Trey hatte vorhin beobachtet, wie Sandy sich mit einem Kuss auf die Wange bei Tater verabschiedet hatte.

Während Trey der Band lauschte, wurde ihm klar, wie viel sich für ihn seit seiner Ankunft in Dahlia verändert hatte. Seit er wusste, wie der Streit zwischen Aubrey und Jeb zustande gekommen war, konnte er sich verzeihen, dass er mit seinem Vater nicht in Kontakt geblieben war.

Die größte Veränderung bestand jedoch darin, dass er sich seine Liebe zu Cardin eingestehen musste. Er hatte sie immer geliebt und würde sie immer lieben. Warum er so lange gebraucht hatte, sich diese Wahrheit einzugestehen, war ihm ein Rätsel.

„Es wird schwer sein für alle, wenn Cardin geht, besonders für ihre Familie.“

Trey entdeckte Jeb neben sich, der die Hände in den Taschen seines Anzugs vergraben hatte. „Ja, das glaube ich auch."

„Natürlich wird jeder Verständnis haben. Alle haben sie gern und wissen, dass es sie glücklich machen wird, wenn sie mit dir zusammen ist, weil es das ist, was sie will."

Trey wartete, da er gelernt hatte, dass der alte Mann stets eine Weile brauchte, bevor er zur Sache kam. Jeb wippte auf den Absätzen seiner Cowboystiefel, als würde ihm das dabei helfen, die richtigen Worte zu finden. „Allerdings könnte es einen guten Grund geben, in Dahlia zu bleiben."

„Und welchen?"

„Andrew Fisk hat den Speedway zum Verkauf angeboten."

Trey gab einen verächtlichen Laut von sich. „Als könnte ich mir den leisten."

„Mit ein wenig Hilfe von Diamond Dutch Boyle könntest du." Jeb zog die rechte Hand aus der Hosentasche und hielt ihm ein altes, mit einer Kordel zugebundenes rotes Samtsäckchen hin.

Trey zögerte. Das Säckchen war schwer und prall gefüllt. Es schien Murmeln zu enthalten. Skeptisch schaute er hinein, und es verschlug ihm die Sprache. Es waren keine Murmeln, sondern Diamanten –

kleine, große, Dutzende, wenn nicht Hunderte. „Was hat das zu bedeuten, Jeb?“

„Die habe ich gefunden, als ich den Wagen von Diamond Dutch Boyle fand. Sie waren in den Scheinwerfergehäusen des Plymouth versteckt.“

„Du hattest sie die ganze Zeit und hast sie nie zu Geld gemacht?“

„Gelegentlich fahre ich nach Knoxville und verkaufe einen, wenn ich knapp bei Kasse bin. Aber die größten habe ich behalten, um sie eines Tages sinnvoll anzulegen.“

„Indem du den Dahlia Speedway kaufst?“

„Ja, wenn es dir und meiner Enkelin den Lebensunterhalt sichert und einen Grund darstellt, dass ihr hierbleibt. Da die Diamanten einem Gangster gehörten, habe ich sie nie zurückgegeben. Aber wenn du damit die Rennstrecke kaufst, kommt das wohl auch der Allgemeinheit zugute.“

Trey war sprachlos. Seit er Cardin einen Heiratsantrag gemacht hatte, war ihm schon öfters der Gedanke gekommen, in Dahlia zu bleiben, um hier, wo sie beide aufgewachsen waren, mit ihr eine Familie zu gründen.

Aber seinen Posten als Teamchef von Corley Motors aufgeben? Keine Verbindung mehr zu Dragster-Rennen haben? Als Besitzer des Dahlia Speedways wäre zumindest das zweite Problem gelöst, und wahrscheinlich konnte er „Bad Dog“ Butch auch wieder herlocken.

„Ich muss darüber nachdenken und mit Cardin sprechen.“

Jeb räusperte sich. „Hast du schon über das nachgedacht, was ich dir neulich erzählt habe?“

„Ja, das habe ich.“

„Und?“

Trey war die Entscheidung nicht leichtgefallen, aber am Ende hatte Taters Frage über Gerechtigkeit und Rache den Ausschlag gegeben. Er wollte keine Rache, und eine Strafe zu verhängen stand ihm nicht zu.

„Ich habe gefunden, was ich hier gesucht habe – den Grund für den Streit. Es ist nicht meine Aufgabe, dich an die Polizei auszuliefern. Du musst selbst entscheiden, was richtig und was falsch ist, und entsprechend handeln.“

„Tja, dann kann die Party ja für mich beginnen“, sagte Jeb, atmete tief durch und legte Trey die Hand auf die Schulter. „Danke.“

„Ich danke dir.“ Trey ließ das Säckchen in der Hand hüpfen, bevor er es in die Tasche steckte und sich eine neue Flasche Bier holte. Er musste unbedingt mit Cardin sprechen. In diesem Moment stieg

Jeb auf die Bühne und gab der Band ein Zeichen. Die Musik verstummte.

Jeb nahm seinen Hut ab, ehe er sprach. „Heute Abend wollten wir eigentlich Treys Sieg in White Lightning beim Moonshine-Rennen feiern. Das hat nicht geklappt. Aber dafür gibt es etwas noch Besseres zu feiern …“

„Dass Trey nicht gewonnen hat“, kam es aus Artie Buells Ecke.

Jeb ignorierte den Zwischenruf. „Heute Abend feiern wir die beste Nachricht, die ich seit Langem bekommen habe. Trey, komm herauf zu mir. Und wo steckt Cardin? Eddie, du und Delta, ihr kommt bitte auch her.“

Die Menge applaudierte, als Trey sich einen Weg zur Bühne bahnte. Als sich alle oben versammelt hatten, verkündete Jeb: „Falls irgendwer noch immer nicht weiß, was wir heute wirklich feiern, werde ich es euch sagen. Trey Davis wird meine Enkelin Cardin heiraten.“

Die Menge jubelte und pfiff begeistert, sodass Jeb einige Minuten brauchte, bis wieder einigermaßen Ruhe eingekehrt war.

„Ich wüsste keinen Mann, der in meiner Familie mehr willkommen wäre“, fuhr Jeb fort. „Also lasst uns das gebührend feiern!“

Die Band fing wieder an zu spielen, und als Cardin sich in ihrem sexy Kleid an Trey schmiegte, war es der wundervollste Moment in seinem Leben.

„Du hast dich ganz hübsch zurechtgemacht“, bemerkte sie und stupste mit der Nase gegen seine Krawatte.

„Und dein neues Kleid ist so aufregend, dass mich ständig sündige Fantasien quälen.“

„Trey! Wir befinden uns auf der Tanzfläche. Dies ist wohl kaum der richtige Ort für schmutzige Gedanken.“

„Wie wär’s draußen am Müllcontainer?“

Sie lachte. „Es gibt noch das Büro, das kann man abschließen.“

„Wenn du mich weiter so provozierst, werde ich den Kühlraum aufsuchen müssen.“

„Das geht nicht, wir würden alles zum Schmelzen bringen.“

„Ich hatte nicht vor, dich mitzunehmen.“

„Oh, von nun an wirst du mich überallhin mitnehmen“, erklärte sie.

„Apropos. Was hältst du davon, wenn wir einfach bleiben?“

„Wovon redest du?“

„Ich werde es dir erklären, wenn du mir zeigst, wo das Büro ist“, sagte er.

Cardin nahm ihn an die Hand und lief mit ihm den Flur zwischen Küche und Toiletten entlang. Als sie die Bürotür hinter ihnen schloss, war sie ein wenig außer Atem. „Und jetzt verrate mir, was du gemeint hast."

„Dein Großvater hat mir gesagt, dass der Dahlia Speedway zum Verkauf steht."

„Und er wird ihn kaufen?"

„Nein, er will, dass ich ihn kaufe."

„Hast du denn so viel Geld? Heirate ich etwa einen reichen Mann?"

„Es sieht ganz danach aus", erklärte er und zog das Säckchen aus der Tasche. „Kennst du die Gerüchte darüber, wie Diamond Dutch Boyle zu seinem Namen gekommen ist?" Er schüttete die Diamanten auf die Mitte des Schreibtischs.

Cardin hielt sich erschrocken die Hand vor den Mund. „Jeb besaß all die Jahre die Diamanten dieses Gangsters?"

„Ja. Er behauptet, sie seien in den Scheinwerfergehäusen versteckt gewesen."

„Und er hat sie uns geschenkt?"

„Ja, das hat er. Es gibt keine Möglichkeit mehr, in Erfahrung zu bringen, wem sie ursprünglich gehört haben, deshalb kann der Finder sie behalten."

Ein Glitzern lag in Cardins Augen, und ihre

Stimme war sanft. „Mit diesem Geld könnten wir alles tun, Trey. Vermutlich bräuchten wir nie wieder zu arbeiten. Wir könnten überallhin gehen."

„Oder hierbleiben", erwiderte er. „Wir könnten die Rennstrecke kaufen, dann hätte ich jeden Tag etwas zu tun, bevor ich abends zu dir nach Hause komme."

Sie betrachtete erneut die Diamanten. „Na ja, Tater würde sich freuen, wenn du bleibst."

„Und deine Eltern wären entzückt, wenn du bleibst."

„Willst du das denn? Den Speedway kaufen?", fragte sie.

„Wir müssen es nicht heute Abend entscheiden. Allerdings könnten wir etwas anderes tun, wenn wir schon hier sind."

„Auf keinen Fall", sagte sie und schob den Besuchersessel zwischen ihn und sich. „Ich werde keinen Sex mit dir im Büro meiner Mutter haben."

„Ich habe auch gar nicht an Sex gedacht. Hm, ich geb's zu, ich habe daran gedacht." Er schob den Sessel zur Seite und nahm ihre Hand. „Aber vor allem habe ich daran gedacht, dass wir einen Diamanten für deinen Ring auswählen sollten."

„Für meinen Ring?", wiederholte sie perplex.

Er zog sie an sich und strich ihr zärtlich die Haare aus dem Gesicht. „Als ich dir den Antrag machte, war ich noch gar nicht richtig vorbereitet und hatte keinen Ring."

„Du hast mir deine Liebe gestanden, Trey. Das genügt vollkommen. Du bist das Einzige, was ich brauche, der einzige Mann, den ich je wollte und geliebt habe", sagte sie, schlang die Arme um seinen Nacken und küsste ihn voller Leidenschaft.

Minuten später war sie diejenige, die Sex im Büro ihrer Mutter vorschlug.

Und Trey lehnte nicht ab.

– ENDE –

Lesen Sie auch:

Victoria Dahl

Ich komme, um zu schreiben

Ab Juni 2012 im Buchhandel

Band-Nr. 25594
7,99 € (D)
ISBN: 978-3-86278-320-5

Sex-Chatroom-Moderatorin.

Sie war keine Pornodarstellerin, und sie verdiente ihr Geld auch nicht mit Telefonsex. Das wusste Ben, weil er einen Blick durch ihr Schlafzimmerfenster geworfen hatte, als er zur Mine hochgelaufen war. Sie hatte mit ihrem Laptop auf den Knien und einer verdammt niedlichen schwarzgerahmten Brille auf der Nase auf dem Bett gelegen und eifrig in die Tasten gehauen. Und genau das hatte sie bei seinem Abstieg immer noch getan. Was machte sie da nur?

Er war fest entschlossen, es herauszufinden.

Als er die Straße überquerte, versuchte sein Gehirn gerade voller Engelsgeduld, seinem Körper zu erklären, dass er die Antwort auf all diese Fragen nicht unter Mollys knappem Faltenröckchen finden würde. Ganz egal, wie lange er sie anstarrte: Weder die halterlosen Strümpfe noch dieser gewagte rote BH würden ihm irgendwelche wertvollen Hinweise geben.

Aber ich kann sie mürbe machen, konterte sein Körper. *Ich bearbeite sie, bis sie … bis sie schwach wird.*

„So machen wir's“, murmelte Ben, der sich jetzt endgültig für eine Seite entschieden hatte. Dann riss er die Tür der Bar auf und suchte den Hauptraum nach Mollys blondem Schopf ab. Da war sie. Auf Tuchfühlung mit diesem Schleimer Aaron.

„Können Sie diese Schleimpackung nicht einfach

festnehmen?“, knurrte Juan hinter dem Tresen.

Ben überprüfte kurz, ob sie auch wirklich den gleichen Typen meinten. Wenn man Juans Blickrichtung und seinem wutgeröteten Gesicht trauen dürfte, fand er Aaron genauso abstoßend wie Ben. „Falls du mir keine Informationen zustecken kannst, dass er Zuhälter oder Crackkoch ist, leider nicht.“

Juan schüttelte betrübt den Kopf.

„Na, dann schauen wir mal, was ich machen kann.“ Ben schnappte sich das Bier, das Juan ihm hinhielt, und ging schnurstracks auf die gegelten Haarstacheln zu, die steif von Aarons Hinterkopf abstanden.

Als Molly zu ihm aufsah, kühlte seine Eifersucht wenigstens ein bisschen ab, denn in ihren Augen glitzerte etwas auf, das verdächtig nach Freude und Erleichterung aussah. Trotzdem wollte er sich die Gelegenheit nicht entgehen lassen, diesem Abschaum eine Lektion zu erteilen.

„Aaron!“, blaffte er, als er direkt hinter ihm stand. Der junge Mann sprang auf und schüttete sich sein halbes Bier über den Schoß.

„Scheiße!“ Aaron war viel zu beschäftigt damit, seine Hose abzutrocknen, um sich umzudrehen und herauszufinden, wer da eigentlich mit ihm redete.

„Draußen steht so ein achtzehnjähriges Mädel, das jemanden sucht, der ein Bier ausgibt.“

„Ist es Jasmin?"

Ben packte Aaron am Arm und drehte ihn zu sich herum. „*Wie bitte*?"

„Chief! Scheiße, ich … äh … das war nur ein, äh, ein Witz. Ja, ein Witz."

Ben warf ihm einen betont wütenden Blick zu. „Wenn ich dich jemals in irgendeiner Situation ertappe, an der minderjährige Mädchen und Bier oder Sex beteiligt sind, ertränke ich dich in irgendeiner einsamen Flussbiegung. Haben wir uns verstanden?"

„Ja, Sir."

„Und jetzt runter von meinem verdammten Stuhl!"

„Ja, Sir", stammelte Aaron und stolperte so schnell weg, dass er sich auch noch den Rest des Biers über die Hose schüttete.

Ben ließ sich auf den Stuhl fallen und sah die Frauen nacheinander an. „Ladies. Hat eine von euch eine Vorliebe für hübsche Jungs?"

„Ja, ich", meldete Molly sich zu Wort. „Ich habe meine Liebhaber gerne so bartlos und parfümiert wie eine Haremsdame."

Lori verdrehte die Augen. „Dann hast du ja den Richtigen gefunden. Aaron stinkt nämlich wie eine ganze Parfümerie. Und ich verwette meinen Arsch drauf, dass er sich wachst, bis er …"

„Schluss jetzt." Ben hob eine Hand. „Ich hatte schon

genug grauenhaftes Kopfkino für heute. Und das hier wäre echt zu viel des Guten."

Molly beugte sich vor, und Bens Blick wurde magisch von der Stelle angezogen, an der sich vorhin noch ihr tiefer Ausschnitt befunden hatte. Offensichtlich hatte sie inzwischen ein paar Knöpfe mehr geschlossen. Also hatte Aaron wenigstens nicht die ganze Show bekommen.

Molly verzog den Mund. „Ich hoffe mal sehr, dass Sie damit nicht mich meinen, Chief."

„Was?"

„Mit dem grauenhaften Kopfkino."

„Oh!" Als er den Schalk in ihren Augen aufblitzen sah, musste er lächeln. „Na ja, es gab schon ein paar Momente, in denen du mich so in Todesangst versetzt hast, dass mein ganzes Leben wie im Zeitraffer an mir vorbeigezogen ist, aber …"

„Schluss jetzt", unterbrach Lori ihn händewedelnd. Ben fuhr hoch. Er hatte doch gerade erst vor fünf Sekunden mit ihr gesprochen. Wie hatte er plötzlich vergessen können, dass sie mit am Tisch saß?

Er räusperte sich und versuchte zu verbergen, dass er wieder mal rot wurde.

„Mach dir keine Sorgen", sagte Molly. „Aaron denkt, dass ich Loris Freundin bin."

Lori verdrehte die Augen. „Danke dafür, übrigens."

„Hey, zu dem Schluss ist er ganz von allein gekommen."

Loris genervter Blick wich einem Lächeln. „Wahrscheinlich habe ich meinen Teil dazu beigetragen, als er letzten Winter immer in der Werkstatt vorbeigekommen ist, um mir beim Ölwechseln zuzusehen."

„Warum hast du mich dann getreten?"

„Glaubst du echt, dass es ihn entmutigt, wenn er sich uns beide nackt im Bett vorstellt?"

„Ich wusste ja nicht, dass er pervers ist."

Ben hob eine Braue. „Wüsste nicht, was daran pervers sein sollte." Dann prostete er den Mädels zu und kippte sein halbes Bier herunter, während Molly ihm gegen das Schienbein trat.

„Hast du gerade körperliche Gewalt gegen den Chief of Police angewendet, Molly?"

„Du darfst gar nicht pervers sein. Schließlich bist du ein Mann des Gesetzes." Ohne ersichtlichen Grund fing sie an, sich vor Lachen zu schütteln.

„Was?"

„Ach, nichts. Ich musste nur gerade an perverse Gesetzeshüter denken."

„Wie wer zum Beispiel?"

„Niemand. Nur so ein Sheriff, dem ich mal begegnet bin."

Sheriff, von wegen. Sie dachte garantiert an diesen

Cameron Kasten. Und der war pervers? *So ein Arschloch.* Ben umschloss die Bierflasche mit den Händen und drückte zu. Am liebsten hätte er Molly unter Androhung polizeilicher Maßnahmen befohlen, ihm sofort jedes Detail zu erzählen.

Dann wurde plötzlich ein Teller mit Obstschnitzen vor ihm abgestellt, und seine finsteren Gedanken verschwanden. Irritiert sah er hoch und direkt in Juans Augen.

„Ladies, die Deko an euren Drinks scheint euch geschmeckt zu haben. Da dachte ich, ein paar Orangen und Kirschen und …“ Sein gebräuntes Gesicht nahm einen roten Farbton an, als er merkte, dass ihn alle anstarrten.

„Soll ich noch eine Runde bringen?“, stammelte er.

Die Frauen hatten noch nicht mal aufgehört, die Köpfe zu schütteln, da war er auch schon wieder in Richtung Bar verschwunden. Helen erhob sich halb von ihrem Stuhl, ließ sich dann aber wieder fallen. „Danke“, rief sie Juans Rücken hinterher. Nach ein paar Sekunden sah sie auf den Obstteller hinab und murmelte: „Mann, war das süß.“

Ben schüttelte den Kopf. Sein Ärger verblasste langsam, dafür wuchs seine Entschlossenheit aber mit jeder Sekunde. „Seid ihr bereit zum Aufbruch?“

„Mich brauchst du nicht heimzubringen“, protestierte Lori, aber Ben zuckte mit den Achseln.

„Ach, komm schon, es ist eiskalt draußen. Außerdem habe ich neuerdings einen Ruf als Lesbenbekehrer zu verteidigen."

Lori verschluckte sich an der Kirsche, die sie sich gerade in den Mund geworfen hatte. Erst nachdem Ben ihr ein paar Mal fest auf den Rücken geklopft hatte, hörte sie auf zu husten und zu röcheln.

Molly prustete los. „Ich werde den Verdacht nicht los, dass ich einen anzüglichen Kirschenwitz machen sollte, aber mir fällt gerade einfach nichts ein."

„Wie schade", brachte Lori keuchend hervor. „Und da hatte ich gerade daran gedacht, wie sehr mir der gute, alte Highschool-Humor doch fehlt."

„Grundschule", warf Ben ein. „Wenn nicht Kindergarten. Und wenn du weiterhin alle Männer vertreibst, brauchst du dir über deine mangelhaften Schlucktechniken sowieso keine Sorgen zu machen."

Molly johlte und bewarf ihn mit einem Stück Orangenschale, während Lori ihm einen bitterbösen Blick zuwarf.

„Hey, du hast selbst gesagt, dass dir der Highschool-Humor abgeht."

Lori lehnte sich zurück und musterte ihn von Kopf bis Fuß. „Was zur Hölle ist nur in Ben Lawson gefahren? Witze? Geflirte? Vielleicht sollte ich auch mal mit Molly schlafen."

„Lori!“, keuchte Molly, die mittlerweile so sehr lachte, dass der ganze Tisch wackelte. „Das ist doch streng geheim!“

Fest entschlossen, dieser peinlichen Runde ein Ende zu bereiten, trank Ben sein Bier aus und erhob sich. „Kommt schon, ihr Luder, ich bring euch heim. Dich auch, Helen, falls du eine Mitfahrgelegenheit brauchst.“

Geistesabwesend fummelte Helen weiter an ihrem Kirschstiel herum, den mittlerweile mindestens fünf Knoten zierten. „Nein, danke.“

„Bist du sicher?“

„Ja, ja. Ich denke, ich … äh …“

„Sie bleibt noch ein Weilchen“, erklärte Molly, während Ben ihr in den Mantel half. „Tschüss, Helen! Tschüss, Juan!“

Ben hielt den Frauen die Tür auf und war selbst schon fast im Freien, als ein Mann „Chief!“ rief und hinter ihm herhastete. Wilhelm Smythe, nur ein harmloser Trinker.

„Chief! Chief, fahren Sie heute etwa kostenlos Leute nach Hause?“

Oh, Mann. „Nein.“

„Ich hatte sieben Bier, Chief, ich glaube nicht, dass ich noch fah…“

„Sie können laufen.“

„Aber ich wohne jetzt doch draußen bei der South

Ridge! Das ist ganz schön weit weg!“

Ben sah nach draußen. Lori war nicht in Sicht, aber Molly stand vorgebeugt da und band sich die Schuhe neu. Ben stellte sich so vor Smythe, dass er dem Alten die Panoramasicht auf Mollys entblößte Oberschenkel versperrte, und bedacht ihn mit einem verärgerten Blick. „Das ist eine einmalige Sache, haben wir uns verstanden?“

Smythe nickte und trollte sich in Richtung Truck.

„Wo ist Lori?“, fragte Ben.

„Nach Hause gegangen.“

„Scheiße. Und tut mir leid wegen Smythe.“

„Ach was, das wird lustig! Wie bei einem Highschool-Date, wo man den nervtötenden besten Freund noch loswerden muss, ehe man fummeln kann.“

„Ein Date? Ganz schön großes Wort für eine kurze Heimfahrt.“

„Ich sagte, *wie* ein Date, Chief. Du hast mir ja nicht mal einen Cocktail ausgegeben.“

Er wollte sie am Arm packen und wieder in die Bar schleifen, um das nachzuholen, aber sie tänzelte weg. Dabei flog der Rock um ihre Beine, und Ben stand wie hypnotisiert da. „Vergiss es! Zu spät, Mister ...“

„Was ist zu spät?“, fragte Smythe, der schon Posten neben Bens Truck bezogen hatte.

Ben fuhr zusammen. Er hatte schon wieder vergessen, dass sie ja gar nicht allein waren. Langsam war er echt nicht mehr zurechnungsfähig.

Er stakste zur Fahrertür und grollte: „Einsteigen und Mund halten."

Smythe leistete sofort Folge, Molly aber natürlich nicht. Was für eine Überraschung.

„Danke, dass Sie uns heimbringen, Chief Lawson. Sie sind wirklich sehr großzügig", sagte sie beim Einsteigen.

Wusste sie denn nicht, dass dieser verdammte Rock so weit hochgerutscht war, dass man schon wieder den Saum ihrer Strümpfe sehen konnte? Als sie den Oberkörper drehte, während sie sich anschnallte, rutschten die Falten sogar noch ein bisschen höher.

„Ich kann deine Unterhose sehen", zischte Ben so freundlich, wie es ihm unter diesen Umständen möglich war.

„Oh, tut mir leid, Chief", murmelte Smythe vom Rücksitz und machte sich daran, seine Jeans neu zu knöpfen.

Molly ließ sich mit vor den Mund gepresster Hand gegen die Tür sinken und schüttelte sich vor Lachen, wobei noch ein bisschen mehr von ihrem feuerroten Slip sichtbar wurde.

Schwarze Strümpfe, roter Slip. Bens Herzschlag legte einen Zahn zu. Glänzende High Heels, schwarze

Spitze auf roter Seide ... und dabei hatte Molly gestern Nacht in weißrosa gemusterter Baumwolle schon umwerfend sexy ausgesehen.

„Wo müssen Sie hin, Wilhelm?“, blaffte er.

„Knapp zwei Meilen südlich der Stadt. Bei Teddys altem Trailer links abbiegen.“

Ben zwang sich, einen kühlen Kopf zu bewahren. Er richtete den Blick fest auf die Straße und konzentrierte sich ganz aufs Fahren. Da saß gar keine halb nackte Frau auf dem Beifahrersitz, und niemand stellte ihm eine Nacht voll atemberaubendem Sex in Aussicht. Er würde nicht aufs Gas treten, und er würde nicht fahren wie der letzte Henker.

Er dachte sogar daran, vor Loris Haus abzubremsen, um sicherzugehen, dass sie gut nach Hause gekommen war. Er wartete, bis er ihren Schatten hinter den erleuchteten Fenstern vorbeihuschen sah, dann fuhr er beruhigt weiter. Er war Ben Lawson: cool und gelassen und selbstbeherrscht und ganz und gar nicht sexgeil.

Dann nahm Molly seine Hand und legte sie auf ihren linken Oberschenkel.

Sein Puls beschleunigte sich noch mehr. Unwillkürlich drückte Ben aufs Gas.

Warm und so unglaublich weich ... Sein Daumen und zwei Finger ruhten auf dem seidigen schwarzen Strumpf, während die beiden anderen Finger auf Mollys warmer, nackter Haut lagen.

Er hätte zurückzucken sollen, ja, das wäre eine ziemlich gute Idee gewesen. Aber da lag doch ihre Hand auf seiner und hielt ihn fest! Gott, er *musste* seine Hand zurückziehen, aber er *wollte* weiter mit dem kleinen Finger über den Saum dieses roten Slips fahren. Also entschied er sich für den Weg des geringsten Widerstands, hielt einfach still und spürte, wie sich Mollys Körperwärme in seinen Fingerspitzen ausbreitete.

Er würde das schon hinkriegen. So scharf sie ihn auch machte, er war kein Teenager mehr, und er hatte seine Libido unter Kontrolle. Er konnte gleichzeitig ein Frauenbein berühren und Auto fahren.

Als sie leicht ihr Gewicht verlagerte, spannten sich ihre Muskeln an, was ihn daran erinnerte, wie ihre Beine gezittert hatten, als sie gestern Nacht gekommen war. Seit er einen unfreiwilligen Blick auf diesen verdammten roten Slip erhascht hatte, war er von Minute zu Minute härter geworden. Mittlerweile pochte es wie verrückt in seinem Schritt. Ben starrte wütend geradeaus auf den Asphalt, als wäre die schwarze Nacht sein Feind.

„Langsamer", sagte Smythe. „Da vorne müssen wir gleich abbiegen."

Brems ab. Brems ab!

Molly dirigierte seinen kleinen Finger ein bisschen weiter nach oben, direkt zwischen ihre Beine, wo es ganz heiß war. Dann seufzte sie leise auf.

Ben zwang seinen Fuß auf die Bremse und gab sich alle Mühe, nicht wie ein Sechzehnjähriger zu fahren, der gleich zum ersten Mal seiner Freundin an die Wäsche darf. Aber der Stoff unter seinem Finger wurde langsam feucht und erinnerte Ben daran, was ihn erwartete: heißes, enges Begehren. Stöhnen und Schreien und diese Worte, immer diese Worte …

Als der verlassene alte Trailer im Scheinwerferlicht erschien, trat Ben viel zu spät und viel zu heftig auf die Bremse. Kies flog auf und prasselte gegen den Wagenboden, weil Ben die Kurve zu schnell nahm.

Wilhelm grunzte erschrocken, aber Molly hob die Hüften und schob Bens Finger unter den Seidenstoff. *Wie soll sich ein normaler Mann unter solchen Umständen bitte auf die Straße zu konzentrieren?!* Dann fing Molly wieder an, so verführerisch vor sich hinzusummen, und in diesem süßen Klang lag etwas so Verlangendes, dass Ben die Zähne zusammenbeißen musste, um nicht die Kontrolle zu verlieren und laut aufzustöhnen.

Er bremste auf eine halbwegs angemessene Geschwindigkeit ab und schob auch seine restlichen Finger in Mollys Slip, sodass er die feuchte Wärme in seiner Handfläche spürte.

„Ja“, flüsterte Molly.

„Ja, genau, da sind wir“, stimmte Wilhelm zu. „Hier können Sie mich rauslassen, Chief.“

Der Truck schlitterte noch ein paar Meter weit über den Kies und kam dann stockend zum Stehen. Wilhelm grummelte irgendetwas über junge Teufelskerle hinterm Steuer, während er ausstieg und die Tür hinter sich zuknallte, aber Ben bemerkte nichts davon. Er war ganz damit beschäftigt, seinen Finger tief in Mollys Wärme zu versenken.

„Oh, ja“, sagte Molly und ließ die Hüfte gegen seine Hand kreisen.

„Willst du mich umbringen, oder reicht es dir, wenn ich meinen Job verliere?“

„Ich will dich einfach nur tiefer in mir spüren.“

„Verdammt!“ Es kostete ihn seine gesamte Willenskraft, seine Hand aus ihrem Schoß zu ziehen. „Hör einfach auf damit! Kannst du nicht ein Mal …“ Er legte den Rückwärtsgang ein, schlang den Arm um Molly Rückenlehne und fuhr die schmale Straße entlang, bis sein Truck weder von der Hauptstraße noch von Smythes Haus aus zu sehen war. Dann drehte er den Motor ab und schob seinen Sitz so weit wie möglich nach hinten.

„Du scheinst es dir echt in den Kopf gesetzt zu haben, mich in den Wahnsinn zu treiben“, beschwerte er sich. Na gut, er beschwerte sich nur halbherzig, schließlich hob er Molly gleichzeitig auf seinen Schoß.

Alison Kent
Sex oder Lüge

Band-Nr. 35036
9,50 € (D)
ISBN: 978-3-89941-843-9
eBook: 978-3-86278-038-9
256 Seiten

Miranda Kelly führt ein erregendes Doppelleben: Nacht für Nacht verwandelt sich die biedere Blumenverkäuferin in die sexy Sängerin Candy. Mit erotischer Stimme und verführerischem Hüftschwung verdreht sie den Männern im Crimson Club den Kopf. Ein gewagtes Spiel – aber nicht mehr! Bis eines Nachts der faszinierende Caleb im Klub auftaucht. Zum ersten Mal ist Miranda unvorsichtig und lässt sich auf eine zügellose Affäre mit einem Gast ein. Doch dann muss sie entdecken: Nicht nur sie, auch Caleb hat ein Geheimnis …

Megan Hart
Anonym – Briefe der Lust
Band-Nr. 35040
9,99 € (D)
ISBN: 978-3-89941-958-0
eBook: 978-3-86278-120-1
432 Seiten

Megan Hart
Tiefer – Im Sog der Lust
Band-Nr. 35035
9,50 € (D)
ISBN: 978-3-89941-815-6
eBook: 978-3-86278-030-3
432 Seiten

Sharon Page
Blutroter Kuss
Band-Nr. 35038
9,50 € (D)
ISBN: 978-3-89941-880-4
448 Seiten

Sharon Page
Feuer der Lust
Band-Nr. 35033
9,50 € (D)
ISBN: 978-3-89941-780-7
eBook: 978-3-86278-028-0
400 Seiten

Original-
ausgabe
SANDRA
HENKE
Jenseits
aller
Tabus

Original-
ausgabe

CHERRY
ADAIR
Hautnah
und näher

Deutsche
Erstveröffent-
lichung
KAYLA
PERRIN
Betrüg mich!
EROTISCHER ROMAN